커다란 모과나무를
맨 처음 심은 이는 누구였을까

커다란 모과나무를
맨 처음 심은 이는 누구였을까

글·그림 가든 디자이너 오경아

몽스북
mons

차례

정원은 늘 그 자리에서 나를

거실에 놓인 내 책상 위로 해가 뜨고, 해가 지는 시간이 무수히 흘러갔다. 그 책상에 앉아, 고스란히 어떤 날은 한 줄도 써 내려갈 수가 없었고, 어떤 날은 썼던 글을 모조리 지워버리기도 했다. 그러다 내가 써 내려간 글들이 나에게 다시 다가오는 게 느껴졌다. 그 글들이 지나간 과거의 나를 위로하고 있었고, 현재의 나를 설레게도 하고, 막연한 꿈 같은 미래의 단서들을 조금은 뚜렷하게 보여주는 듯도 싶었다. 그리고 그 정체가 바로 '정원'이라는 걸 아주 선명하게 알 수 있었다.

나에게 정원은 가장 바빴고, 가장 열심히 살았고, 가장 기쁘기도 했지만, 가장 슬프고 외로웠던 시절에 찾아왔다. 내 나이 스물아홉에 부모님은 나와 다섯 동생을 남기고 세상을 떠났다. 막냇동생이 고 2 때의 일이었다. 어린 동생들 앞에서 나의 슬픔은 사치일 뿐이었다. 적어도 나에게는 착한 남편과 사랑스러운 두 딸이 함께하는 가정이 있으니 슬플 일도 외로울 일도 없다고 나를 다독였다. 하지만 서둘러 봉합한 이 상실감은 내 깊은 속을 파고들어 시간이 흐를수록 온몸으로 스며들었다.

어찌 살아야 하나를 매일 고민하게 만들었고, 알 수 없는 삶의 불안이 나를 엄습하게도 했다. 이럴 때마다 나는 정원을 서성이곤 했다. 마치 살풀이라도 하듯 정원 안에 내 슬픔과 불안함을 내려놓고, 그걸 묻고, 뒤집고, 그리고 새로운 희망을 심기도 했다. 그게 정말 위로가 됐다. 두 딸을 데리고 영국으로 유학을 갈 수 있는 힘까지도 얻었다.

낯선 영국 생활의 힘겨움을 붙잡아 준 것도 정원이었다. 더 이상은 못 할 것 같고, 이제는 포기하고 돌아가야지 하는 순간마다 나는 두 딸과 함께 정원으로 나들이를 갔다. 그곳에서 두 시간 남짓 식물이 피어낸 꽃과 그 안에 가득한 새소리, 벌 소리, 나비의 날갯짓에 나를 다독이다 보면 어느새 이 좋은 세상에 와 있는 게 그렇게 행복할

커다란 모과나무를 맨 처음 심은 이는 누구였을까

수 없었다. 유학에서 돌아와 강원도 속초에서 새로운 삶을 시작한 후에도 정원은 나에게 한결같았다. 지치고 서운하고 힘겨운 순간, 정원은 늘 내게 틈을 주고 거기에 앉아 나를 다독일 시간을 만들어주곤 했다.

이번 책은 나의 열한 번째 책이다. 이 책에는 좌충우돌 퉁탕거리는 나의 정원 생활 이야기가 담겨 있다. 내가 심은 라벤더는 도대체 왜 굴러들어 온 쑥에게 늘 당하는 것일까? 잡초는 왜 그토록 강인하여 나의 복장을 뒤집는 것일까? 답을 찾아 헤매지만 여전히 풀에게 지고 마는, 그럼에도 불구하고 정원으로 매일 또 나가게 되는 애증의 정원 생활 이야기다.

또 족히 100종이 넘는 식물들은 어떤 인연으로 나의 정원에 들어와 나를 만나게 된 것일까? 나와 함께 살아가는 풀과 나무들에게도 그들의 삶이 따로 있다는 걸 잘 안다. 백 년도 넘게 살아온 모과나무와 손수건을 매단 듯 매년 여름 꽃을 피우는 산딸나무, 우리 동네에서 가장 맛있다고 소문난 밤을 듬뿍 안겨주는 밤나무, 그 밑에서 살아가는 튤립, 수선화, 델피니움, 라벤더, 수레국화 등등. 내가 심었다고 내 것이 아닌, 스스로의 삶을 살고 있는 식물이 계절에 따라 어떻게 변화하는지에 대한 이야기도 가득하다.

때론 힘겨워 쳐다보기도 싫은 정원으로 나는 왜 매일 나가고 있는지, 풀과 나무 외에 정원을 찾아주는 작은 생명체들과 함께 내가 나를 다독인 시간, 끓어오르는 분노를 다잡고, 명치까지도 아리게 하는 슬픔을 위로받았던 정원에서의 교훈도 기록돼 있다. 아침 햇살에 반짝이는 스노드롭의 하얀 방울꽃과, 늦은 밤에 화장실 가다 복도에서 마주친 주황빛 보름달과 그 빛에 빛나는 흰 백합의 아름다움도. 가끔은 위대한 철학자가 전하는 고뇌의 한마디보다 정원이 내게 주는 삶의 평화와 위로가 있다.

이 책 속에 담긴 나의 모든 글은 정원 예찬이다. 좋아서만이 아니라 때론 나를 괴롭히고, 나를 힘들게 해도 그 또한 내 부족함을 깨닫게 하고, 내가 조금 더 성장할 수 있도록, 내가 조금 더 세상에 고마워할 수 있도록 나를 인도하는 곳이기 때문이다.

책을 내는 일이 시간이 흐를수록 힘겨워짐을 느낀다. 나의 생각을 누군가에게 읽게 하는 글은 참으로 어렵고

커다란 모과나무를 맨 처음 심은 이는 누구였을까

조심스럽다. 그래서 문장 하나하나를 쓰고 다듬는 일이 정말 쉽지 않다. 아직 제대로 영글지 못한 사람이 남들에게 보여줄 글을 쓴다는 게 정말로 많이 부끄럽기 때문이다. 그럼에도 불구하고 정원 생활을 통해 내가 받은 위로와 힘을 다른 이에게도 전하고 싶기에 이렇게 다시 엮어 출판해 볼 용기를 내본다.

모든 사람이 정원 생활을 할 수는 없겠지만, 할 수 있는 기회가 생긴다면 꼭 그걸 잡아보라고도 권하고 싶다. 이 책이 아직 용기를 못 내고 있는 분들에게 작은 힘이라도 될 수 있기를 바란다.

2024년 봄
오경아

1

찬란하고 아름답고 아픈 정원

직박구리가 아름다운 소리를
낼 즈음, 정원엔 개나리, 비올라,
영춘화, 헬레보루스의 시간이
찾아온다. 혼자가 아니라 모두가
함께 있어야 아름다운 계절도
완성된다.

난 매일, 정원에서 안부를 묻는다

정원의 시간은 빠르고 거침없다. 엊그제까지도 보라색의 꽃을 피워주던 청아쑥부쟁이가 한 차례 서리에 풀이 죽더니, 결국 지난밤 몰아친 영하의 추위 속에 수명을 다해 버렸다. 가을을 지나 겨울로 접어드는 정원의 풍경은 하루가 다르게 초록을 잃어간다. 메마르고 푸석거리고 앙상하다. 하지만 그게 꼭 싫은 것은 아니다. 겨울이 다가와 식물이 동면에 접어드는 쓸쓸함도 계절이 주는 정원의 맛이기 때문이다.

오늘은 해가 좀 나서 오후의 기온이 따뜻해지면 미뤄두었던 튤립, 수선화, 알리움의 알뿌리를 심어볼 참이다. 정원 일은 단순하다. 대부분 쪼그려 앉아 뭘 심고, 뽑고, 자른다. 이 단순한 일 속에 내가 가장 많이 하는 생각은 누군가에게 안부를 묻는 일이다. 안부를 사전에서 찾으면

"어떤 사람이 편안하게 잘 지내고 있는지, 그렇지 아니한지에 대한 소식 또는 인사로 그것을 전하거나 묻는 일"이라고 적혀 있다. 딱 맞는 말이다. 정원의 화단 속에서 나는 서울에서 혼자 자취를 하는 큰딸에게, 멀리 해외에 떨어져 지내고 있는 작은딸에게, 늘 위험한 작업과 힘겨운 일을 하는 남편에게, 이미 돌아가셨지만 어딘가에서 우릴 지켜볼 것만 같은 부모님께도 안부를 묻는다.

오늘도 별일 없이 잘 지내기를, 그들을 위해 마음을 다해 기원하고 그러다 결국은 이 안부가 식물에게도, 그 식물과 더불어 살아가는 동물들에게도 전해진다. 이미 꽃을 다 피우고 죽은 듯 말라버린 쑥부쟁이의 뿌리는 편안하게 올겨울을 보내고 내년을 기약해 줄 수 있을지, 이제 심으려고 하는 튤립의 알뿌리는 이번 추위를 잘 견뎌줄지, 정원 여기저기에 망을 치던 그 많은 거미들은 어디에서 이 겨울을 나는 것인지, 어쩌다 식구가 돼버린 길고양이도 하루 종일 보이지 않으면 안부가 궁금해진다.

사실 '정원을 만든다는 것'은 내가 좋아하는 식물을 심는 일로 끝나지 않는다. 내가 심은 식물이 불러들이는 수많은 생명체와 더불어 살아가는 새로운 우주가 생겨난다.

커다란 모과나무를 맨 처음 심은 이는 누구였을까

벌, 나비, 새, 작은 다람쥐, 돌확 물에서 살고 있는 물두꺼비, 어미가 버린 새끼 고양이들, 그리고 내 눈으로는 짐작할 수 없는 수많은 작은 동물이 함께 살아가기 때문이다. 정원에서 살아가는 이 많은 생명체와 우린 일종의 동거 생활을 하는 셈이다. 그러니 동거 생명체의 안부를 궁금해하고, 우리 서로 건강하게 잘 살아가자고 기원하는 것은 당연한 일일지도 모른다.

얼 바켄Earl. E. Bakken, 1924~2018은 혁신적인 의료 기기를 발명하고 만들어낸 미국의 기업가다. 그의 이름을 딴 미국 미네소타 대학의 바켄 센터는 인간의 질병과 그 치유법을 연구하고 있다. 그런데 최근 그곳에서 발표한 '자연과 정원이 우리에게 미치는 효과'에 대한 연구와 논문은 매우 흥미롭다. 우리가 그간 막연하게 산에 가면 왠지 기분이 좋아지고, 정원 일을 하고 나면 마음이 안정되는 듯한 기분이 들었던 게, 실은 매우 과학적인 근거가 있는 것이었음을 말해 주기 때문이다.

이 센터의 연구자인 마르쿠스Marcus와 바른Barnes에 따르면 사람들의 3분의 2는 스트레스를 푸는 방법으로 자연을 찾는다고 한다. 그리고 95%의 사람들은 자연 속에 있을 때 기분이 좋아짐을 느끼기도 한다. 여기에서 더 나아가 스웨덴 챌머스 대학의 건축가 교수인 로저 얼리치 Roger Ulrich 박사는 순수 자연이 아닌 정원에서도 우리가 똑같은 이득을 얻는다고 말한다. 그의 연구에 의하면 정원에서 우리는 좀 더 건강해지고, 생존력이 강화되고, 정신적으로 자연과 교감하는 능력이 증폭되었다고 한다. 또 스트레스를 받은 후에는 단순히 자연이나 아름다운 정원 사진만 보아도 혈압이 낮아지고, 두뇌 활동이 활발해지고, 호르몬 분비가 촉진되었다고 하는데, 이걸 의학적인 효과로 보면 스트레스를 감소시키고, 웰빙의 감각을 회복시키고, 혈압을 낮춰주고, 걱정·근심·슬픔을 완화시키고, 부정적인 생각을 전환시킨다는 것이다.

정원 일을 할 때 우리 몸에서 생성되는 호르몬이 생기와 활동을 촉진시키기 때문이라는데, 이 논문만으로 보면 정원 일이 마치 만병통치약 같다는 생각도 든다. 내 경험에 의하면 맞는 말이기도 하지만 이 역시도 함정이 있다는 걸 인정할 수밖에 없다. 왜냐하면 정원 일조차도 우리가 즐길 수 있을 만큼, 마음을 비웠을 때 이런 효과가 일어나기 때문이다.

커다란 모과나무를 맨 처음 심은 이는 누구였을까

정원이 조금 흐트러지고, 덜 예쁘고, 앙상하고, 황폐하면 또 어떤가. 계절의 흐름에 자연 역시 늘 아름답지 않고, 때론 혼돈과 미움이 존재함을 잘 알기 때문이다. 그러니 우리의 정원도 흐트러지고, 어수선하고, 예쁘지 않아도 괜찮다고 위로하길 바란다. 그냥 그 안에서 우리 모두 서로의 안부를 물으며 다 같이 건강하게 살아갈 수 있다면 그걸로 족하지 않을까. 세상 무엇보다 중요한 건 이 지구에 사는 동안 우리가 갖게 될 평온함임을. 그 어려운 숙제를 정원에서 누군가에게, 다른 생명체에게 안부를 물으며 되새겨 본다.

내 등을 떠미는 누군가도 나의 편이다

30대 중반, 방송 작가로서 절정을 맞고 있을 때 나는 오히려 일을 그만둘 방도를 찾고 있었다. 이유는 여러 가지였지만 방송 작가로서의 내 역할에 대한 불안함과 직업으로서의 성취감이 떨어지고 있었기 때문이었다. 그럼에도 끝내 가볍게 털고 나올 수 없는 이유는 하나였다. 생존을 위한 직업이기에 이 일을 그만둔 후 미래에 대한 확신이 없었다.

이 먹구름 낀 듯한 둔탁함은 근 3년간이나 계속되었다. 매일 아침 일어나면 "아, 그만두고 싶다"를 외치면서도 끝내 출근길을 서둘렀다. 하지만 내 결정은 조금은 의외의 상황에서 결론이 났다. 갈등하던 내게 등을 밀어 어서 나가라는 신호가 들어왔기 때문이다.

커다란 모과나무를 맨 처음 심은 이는 누구였을까

그때 난 사람 좋기로 유명한 프로듀서와 이상하게 소통이 잘되지 않았다. 함께 일하는 서브 작가와 그의 유난스러운 밀착도 나의 소외감을 부추겼다. 생각해 보면 무거운 발걸음을 이분이 등을 밀어 나가게 한 셈이 되었다. 정원 공부를 하고 싶다는 바람은 그렇게 참으로 이상하리만치 복잡한 사안들이 하나로 연결되면서 나를 유학의 길로 이끌었다.

엊그제는 서울에서 자취를 하며 직장 생활을 하는, 서른 넘긴 큰딸이 좀 우울한 목소리로 전화를 했다. 고인 물처럼 젖어 들고 있는 직장 생활에 좀 지쳐 있는 듯했다. 새로운 곳을 찾아야 하나 고민을 하고 있는 참인데 그 원인 중에 하나는 자신을 아껴주지 않는 상사로부터 받는 상처도 있었다. 딸의 말을 듣는 동안 나는 그 시절이 떠올랐다. 그래서 이런 말을 들려줬다. "아이고, 근데 있잖아. 나를 편들어 주는 사람도 내 편이지만, 나를 등 떠밀어 내치는 사람도 나의 편이더라."

세상이 내 뜻대로 되지 않는다고 느낄 때, 차분히 모든 상황을 가만히 들여다보면 분명한 하나의 귀결점이 나온다. 무엇인가 변화하라는 신호라면 그걸 따르는 게 맞다고 난 믿는다. 그 신호가 내 편이 되어 나를 응원해주는 누군가일 수도 있지만, 반대로 나를 밀어내는, 당시에는 정말 밉고 싫은 누군가의 등 떠미는 손일 때도 많다.

정원에 식물을 심을 때 내 마음은 한결같다. 이 식물이 여기에서 잘 지내주기를 바란다. 하지만 종종 내가 심은 자리에서 식물이 힘들어하는 일도 생긴다. 이럴 때 내가 해줄 수 있는 일은 둘 중 하나다. 그 자리에서 잘 자라도록 더욱 관심을 갖고 도와주는 것도 있지만, 아예 뿌리를 들어내는 위험과 아픔이 있어도 좀 더 나은 자리로 옮겨주는 것도 좋은 방법이다.

어떤 방식으로든 세상은 나를 도와준다. 그게 나를 아껴주는 사람을 통해서든, 때론 나를 밀어내고 내치는 누군가에 의해서든. 그저 온전히 세상이 내 편임을 믿으면 된다는 걸 이제 잘 알 것 같다.

커다란 모과나무를 맨 처음 심은 이는 누구였을까

나를 찾아오는 계절의 소리들

"뻐꾹, 뻐국……."

뻐꾸기의 울음이 들리면 어느덧 봄이 완연해졌음을 알게 된다. 남의 둥지에 넣어둔 알에서 깨어난 새끼에게 엄마를 기억해 달라고 울어대는 울음일 것이다. 그러다 종종 오색딱따구리의 나무 쪼는 소리가 들려올 때도 있다. 설악산에 산다는 이 새가 아마도 마지막 고비인 봄을 나기 위해 마을 뒷산까지 내려온 듯하다.

강원도 속초에서는 봄바람이 강해 5월이 되어야 본격적인 농사를 시작한다. 집 앞의 논에 물이 대어지면 곧 모내기가 시작될 거라는 증표다. 요즘은 모내기도 기계로 하니 몇천 제곱미터 논이라도 한두 시간이면 끝이 난다. 모내기가 끝나고 6월로 접어들 즈음부터는 밤에 요란한 개구리 울음소리가 들려온다. 알에서 올챙이를 거쳐 개구리가 되면 짝을 찾기 위해 소리를 내는데 말 그대로 '떼창'이라고 하면 이 정도는 돼야 하지 않나 싶을 정도다. 하지만 이 요란함도 한두 달이면 잠잠해진다. 아마도 그 많던 개구리들이 짝을 찾았다는 의미일 것이다.

한여름, 정수리에 내리꽂히는 햇살이 너무 뜨거워서 모자 없이는 정원에 나갈 수가 없다. 이즈음이면 정원에서 매미 소리가 들려온다. 나뭇잎 사이에, 때론 방충망에 붙어서 찌르는 듯한 금속성 울림을 뿜어낸다. 역시도 짝을 찾기 위한 몸부림이다. 배에서 내는 진동음이라 그런지 듣고 있으면 나의 귀에서도 진동이 느껴진다. 들어서 평화로워지는 소리는 아니지만 이 울음도 한 철이다. 찬 바람이 불면 느닷없이 이 소리도 뚝 끊긴다.

갈대의 이삭이 패고, 키가 허리까지 차오르면 찌릑거리는 풀벌레 소리가 들린다. 어떤 소리는 제법 흥겹게 들어줄 만큼 음악성도 있지만, 어떤 소리는 빽빽거리며 불협화음도 낸다. 열어둔 창문의 방충망을 뚫고 선선한 바람과 함께 풀벌레 소리가 밤 정원을 가득 채우면 단풍이 들기 시작한다. 꽃보다 더 화려하게 색을 입다가 이윽고 찬 바람에 우수수 떨어지고 나면 그제야 정원은 고요해진다.

커다란 모과나무를 맨 처음 심은 이는 누구였을까

흰 눈으로 두텁게 덮인 정원. 너무 고요해서 그 많던 생명들이 다 어디로 갔을까 싶지만, 눈 위에 새겨진 새와 작은 동물의 발자국을 통해 여전히 우리 집 정원을 드나들고 있음을 알게 된다. 직박구리는 남편이 놓아둔 산딸나무에 걸린 사과를 먹겠다고 찾아들고, 가끔은 동박새를 쫓는다고 부산한 날갯짓을 해대기도 한다. 참새들은 묵은 쌀을 먹겠다고 정원을 가로지르는 전깃줄에 내내 앉아서 망을 보며 시끄럽게 재잘댄다.

정원에 서 있는 나에게 계절은 늘 소리로 찾아온다. 나와 눈 마주치며 대화를 나누지 않아도 나와 함께 살아가고 있음을 알려주는 동반자의 소리가 들린다. 수줍은 그 동반자들에게 가끔 인사를 건네본다. 사람이 아니어도 생명체는 함께하고 있는 것만으로도 위로가 된다. 참 신기한 마음의 공유다.

한여름이 뜨거운 건
태양이 우리에게 가까이
다가왔기 때문이다.
뜨거운 태양 아래
식물들은 화상을 견디며
열매를 살찌운다. 모든
열매에는 숨겨진 대가가
있다.

자욱한 안개가 낀 날에는

한 치 앞을 볼 수 없을 정도로 안개가 깊어지는 날이 있다. 치라는 단위가 한 자의 10분의 1이라고 하니 한 치는 약 3.03센티미터이다.

나는 안개와 인연이 많다. 영국 유학 시절, 그 나라의 특징 중 하나인 만큼 안개 끼는 날이 정말 많았다. 내가 다녔던 리틀 칼리지Writtle college를 가려면 집에서부터 30분 정도 걸리는데, 숲 하나를 통과해야 한다. 영국 지도에는 적어도 400년 이상 훼손되지 않은 숲을 '고대 숲ancient forest'이라고 표기하는데, 통학길에 나는 매일 이 고대 숲을 오갔다. 여기에 들어서면 유난히 안개가 더 짙어졌다.

그 시절의 나는 겉으로는 나이 서른 후반에 뒤늦게 유학길에 오른 보기 드문 용감한 아줌마였지만, 내면 깊숙한 곳에서는 수도 없이 '나는 여기에서 무엇을 하고 있나', 나의 삶에 대한 질문과 예측할 수 없는 미래에 대한 고민이 많았다. 그래서인지 그 깊숙한 숲속에서 만나는 자욱한 안개가 꼭 내 현실인 듯 묘한 동질감을 느끼곤 했다.

그때 내가 터득한 안개 자욱한 길을 가는 요령은 단순했다. 아주 가까이만 보면 된다. 먼 곳이 이미 막혀 있기 때문에 바로 코앞, 보이는 데까지만 봐야 한다. 길의 방향이 보이지 않더라도 길이 있다고 믿고 앞으로 나아가면 된다. 분명한 건 이 안개가 절대 영원히 계속되지는 않는다는 것이다. 새벽 아침 등굣길엔 그토록 자욱했던 안개가 집으로 돌아오는 길엔 늘 걷혀 있었고, 때로는 바람에 안개가 순식간에 사라지기도 했다.

강원도 속초로 이사를 온 후에도 나는 안개와 수시로 마주했다. 속초에는 설악산에서부터 내려오는 안개도 있지만, 바다에서 올라오는 안개가 있다. 바로 '해무'다. 이 바다에서 피어 오르는 해무는 숲에서 만나는 안개와는 사뭇 다르다. 동해 바다 위를 두텁게 감싼 해무가 스멀스멀 육지로 올라오는 모습은 정말 용이 승천을 하는 듯하다. 이 해무가 기어이 설악산까지 뒤덮는 날도 많다.

커다란 모과나무를 맨 처음 심은 이는 누구였을까

해무가 낀 날, 식물의 잎에 머문 수분을 살짝 찍어 먹어보면 짠맛이 느껴진다. 그러니 바다와 수 킬로미터 떨어져 있어도 속초의 건물들은 녹이 잘 슬 수밖에 없다. 바람이 없을 때는 이 해무가 하루 이상을 머물기도 한다. 이런 날은 정원에 서 있으면 구름 속에 있는 듯하다. 비와도 다르고, 눈과도 확실히 다른 안개만의 정서가 있다.

안개가 자욱한 날은 바람이 이 안개를 거둬줄 때까지 우리가 할 수 있는 일이 없다. 그냥 잠시 쉬고, 보이는 데까지만 가면 될 뿐이다. 꼭 한 가지는 믿어도 된다. 아무리 지독한 안개라도 결국에는 걷힌다. 세상에 영원한 고통도, 영원한 기쁨도 없듯이.

나비가 좋아하는 꽃은 입구가
작은 꽃이다. 곤충에 따라
좋아하는 식물도 각기 다르다.
모두에게 사랑받을 순 없다.

지금의 나를 위해 미래를 꿈꾼다

"예? 누가 돌아가셨다고요?"

전화를 끊고 나는 계속 "어머, 어머, 이게 무슨 일이야" 만 중얼거렸다. 운전 중이던 남편은 놀라서 무슨 일이냐고 묻는다. 몇 분이 흐른 후 겨우 입이 떨어졌다. "아니, 방 사장님이 돌아가셨대." 남편은 나보다 더 의아한 눈으로 날 쳐다보며 말했다. "뭔 소리야? 어제도 통화했다고 했잖아."

같은 집에서 10년째 살다 보니 손볼 곳이 많았다. 집안 수리와 정원까지 다시 좀 리노베이션을 하려니 족히 석 달은 넘게 걸릴 공사였다. 궁리 끝에 2년 계약으로 아예 바다 근처 아파트를 월세로 얻어 들어가고, 살던 집은 수리를 끝내면 농가 민박으로 당분간 운영해 보자고 결정했다. 그렇게 시작된 공사를 10년 전 이 집 수리를 해

주셨던 사장님께 다시 맡겼다. 근 석 달에 걸친 공사가 잘 마무리되고 공사비까지 치른 바로 그다음 날이었다. 사장님께서 평소 심장이 안 좋았다는 걸 몰랐는데 운동한다고 나가셨다가 쓰러져 골든 타임을 놓쳤다는 것이다.

나는 스무 살에 할머니를 잃었고, 스물 아홉에 친정 부모님 두 분을 다 잃었다. 누구나 한 번쯤 겪을 일이지만, 서른이 되기 전 내게 불어닥친 이 상실감은 지금까지도 내 삶을 지배하는 트라우마다. 너무나 친밀한 사람을 잃어버리면 그 상실감이 처음부터 파도처럼 밀려오진 않는다. 참 이상하게도 시간이 흐르며 그렇게 뭉클했던 슬픔이 흐릿하게 형체도 없어지는데, 어떤 버거운 덩어리가 되어 마음 깊은 곳에 빼낼 수 없게 자리를 잡는다. 그리고 그 덩어리는 매번 내가 무엇을 판단하고, 결정해야 할 때마다 나를 조종한다.

'사업을 불꽃처럼 피워서 돈을 왕창 좀 벌어봐야지' 이랬다가도 '그게 무엇을 위한 일일까' 싶게 만들고, '진짜 내가 가만두지 않을 거야' 하며 큰 싸움 한 판이라도 벌이고 싶은 마음도 '아이고 해봐야 그것도 내 속 썩는 일이지' 참아보자고 긴 호흡을 하게 했다. 어찌 보면 내 의욕

커다란 모과나무를 맨 처음 심은 이는 누구였을까

을 붙잡는 족쇄이고, 어찌 보면 소심한 내 삶의 변명이 되었다.

　며칠 후, 나는 잘 정돈된 우리 집 뒷마당을 서성거렸다. 오래전 호박돌로 쌓은 뒷담장이 큰 비에 한쪽이 무너져 아예 보강토를 낮게 쌓아 화단을 만들었는데 이 빈 화단에 내년 봄에 피어날 예쁜 화단을 구상 중이었다. 그러다 문득 '사장님은 이 일이 자신의 마지막 작업일 거라고 상상이나 했을까' 하는 생각과 함께 다시 한번 그분을 잃은 상실감이 찾아왔다.

　생각해 보면 시간은 우리에게 미래를 준 적이 없다. 내년 봄을 약속해 주지도 않고, 대비하라는 경고도 없다. 그냥 지금 이 순간만 줄 뿐이다. 그런데 우린 이 보장 없는 미래에 늘 발목이 잡힌다. 그렇다고 미래를 그리지 않고 현재를 살아갈 방법이 있나? 내 소박한 답은 이렇다. 지금의 내가 행복할 수 있는 미래를 꿈꾸어야 한다. 예쁜 봄을 상상하는 지금이 행복하다면 그 미래가 오든, 오지 않든 상관없이 지금의 나를 위해 꿈꾸어 볼 일이지 않을까. 설령 봄이 와주지 않아도 오늘 내가 행복했다면 그걸로 충분하다.

갈대를 자르며

나도 이런저런 SNS 활동을 한다. 내 소식을 전하기도 하고, 자연스럽게 나를 둘러싼 지인들의 소식도 보게 된다. 그런데 어느 순간 이 속에서 내가 묘한 박탈감과 소외감, 질투, 상실감을 느끼고 있다는 걸 깨달았다. 나보다 팔로워 수가 많고, 나보다 훨씬 더 눈부신 성과를 올리고 있고, 나보다 행복해 보이는 모습으로 살아가는 사람들의 이야기가 나를 고문하는 셈이었다. 이런 날이면 마음의 헝클어짐을 풀기 위해 정원으로 나가는 수밖에 없다.

두 시간 넘게 무릎을 꿇고 앉아 바삭해진 갈대의 잎을 잘랐다. 원래 갈대는 겨울을 보내고 다음 해 이른 봄에 자르는데 이게 생각보다 쉽지 않다. 보기보다 갈대가 질겨서 아무리 잘 드는 가위를 써도 날이 잘 먹히지 않고 갈대만 짓이겨진다. 이럴 땐 낫이 정말 좋은 도구다. 갈대 줄

커다란 모과나무를 맨 처음 심은 이는 누구였을까

기를 머리채 잡듯이 한 손에 잡고, 다른 한 손에 낫을 들어 쓰윽 돌려주면 이때서야 질긴 갈대가 잘려 나간다.

정원 일은 생각보다 단순한 작업이고, 생각보다 오랜 시간이 소요된다. 쪼그려 앉아 쓱싹거리면서 갈대를 낫으로 자르다 보니 어느새 해가 저문다. 갈대가 비바람에도 꺾이지 않고, 이렇게 질긴 이유는 속이 비어 있기 때문이다. 그 빈 공간에 채워진 공기로 인해 휘어져도 다시 제자리로 돌아오는 탄성이 좋다. 추운 지역에서는 초겨울에 내린 눈이 녹지 않아 겨우내 온몸으로 눈을 이고 있을 때도 있는데, 봄이 되어 눈이 녹은 뒤 보면 아직도 뻣뻣하게 서 있는 갈대가 정말 신기할 수밖에 없다.

그런데 무심히 갈대를 자르다 말고 이걸 영상으로 담아야겠다는 생각이 문득 든다. 얼른 휴대전화의 카메라를 켜 이런저런 각도로 영상을 찍다 보니 좀 전의 고요함은 사라지고 또다시 많은 것들이 우루루 몰려왔다. 왜 이걸 찍어서 누군가에게 보여주려고 하는 것인지. 이걸 보여줘야 내가 정원 전문가라는 걸 알릴 수 있고, 그래야 내 강의를 들어줄 것이고, 그게 나를 가든 디자이너로 알리는 홍보가 될 것이고…… 아, 그래서 오늘 내가 버리고 싶어

했던 상실, 질투, 소외의 감정이 불끈 솟아나는 걸 다시
느끼고 말았다.

정녕 따뜻한 봄날에 정원에서 갈대를 자르며 마음이
평온해지는 결말을 맺지 못하는 것인지. 울컥하는 마음
에 휴대전화를 닫아버렸다. 모든 날을 자연인처럼 세상을
등지고 살 자신은 없지만, 어떨 땐 맑은 햇살만으로도, 그
냥 조용히 나를 다독인 것만으로도 충분히 행복한 날로
남겨두려고 한다. 세상은 자꾸만 수많은 위인의 이야기
로 우리가 용기를 내야 한다고, 목적을 가져야 한다고 힘
주어 말하지만, 그냥 아무 일 없이 오늘 하루를 의미 없이
보내고도 잘했다고 나를 보듬어주는 시간도 분명 필요하
지 않을까 싶다.

커다란 모과나무를 맨 처음 심은 이는 누구였을까

가을비가 교향곡처럼 내리고

며칠째 비가 계속 내린다. 며칠 전 불었던 바람 탓인 듯싶다. 차가워져야 할 동해 바다가 식지 않았는지 습하고 더운 바람을 몰고 왔다. 이 바람이 북쪽의 찬 기운을 만나면 비가 많이 내리겠다 했는데, 어설픈 내 예보가 맞아떨어진 셈이다. 비가 내리니 기온도 뚝 떨어지고, 차가운 습기에 온몸이 시리다. 새벽 화장실 가는 길에 저절로 내 손가락이 보일러 올림 버튼에 머문다.

방으로 돌아가는 길, 어스름 사이로 비치는 창문 밖 정원에 내리는 빗소리에 잠시 걸음을 멈춘다. 비는 보는 게 아니라 듣는 거라는 걸 시골집 작은 한옥에 살면서 더욱 실감한다.

도시에서의 비는 늘 구질구질함과 조급함을 동반했다. 비 예보는 곧 출근길이 고달파질 거라는 얘기였다. 빗소리는 도로를 할퀴고 지나가는 차량의 세한 금속음이었고, 어쩌다 창문을 두드리는 빗소리도 이중, 삼중의 방음 유리창에 막혀 마치 가위눌림에 막힌 내 목소리처럼 둔탁하기만 했다. 그러다 들은 어떤 지인의 일화는 마음을 더욱 어둡게 만들었다. 늘 들고 다니는 가방에 접이 우산을 넣어놨는데, 이걸 2년 동안 펼쳐본 적이 없다고 한다. 그런데 그분이 암 진단을 받고 나오는 길, 병원 현관에 섰는데 그날따라 비가 내렸고, 그제야 가방을 뒤적여 우산을 찾았다는 얘기였다. 그리고 그분은 생각했다고 한다. '대체 난, 이 우산을 한 번도 펴보지 못한 채 지난 2년간 무엇을 하며 살았던 것인가.'

비가 수많은 소리를 낸다는 걸 알고 있는 사람은 몇이나 될까? 이 소리를 들으려면 지극한 고요함 속에 있어야 가능하고, 생각보다는 긴 시간 그 소리를 들어야 한다.

마당이 있는 시골집에 살게 된 후, 비 오는 날의 일과는 매우 달라졌다. "정원사의 휴식을 위해 신이 비 오는 날을 만들었다"라는 서양 격언처럼 일단 비가 오면 모든 일을 접는다. 집에 있어도 빗소리는 여전히 들린다. 자세히 들으면 빗소리가 여기저기 다르게 울린다는 걸 알게 된다.

커다란 모과나무를 맨 처음 심은 이는 누구였을까

깔아놓은 벽돌 바닥에 부딪친 빗소리는 통통 튕겨 오르고,

잔디에 떨어지는 비는 푹푹 소리가 먹히고,

갈대가 피운 이삭에 떨어지는 비는 또르르 물방울을 맺고,

산딸나무 잎에 떨어진 비는 소리도 없이 미끄러지다 바람에 후두룩 요란하고,

양철 지붕의 골을 타고 내리는 비는 시냇물처럼 흐르고,

돌확 물 위에 떨어지는 비는 뿅뿅거리며 동심원을 그린다.

이 많은 빗소리가 정원에 가득하면 빗소리의 합주가 그려진다.

베토벤의 6번 교향곡 〈전원Pastoral〉은 5번 〈운명〉이나 3번 〈에로이카〉처럼 강렬하지 않아서 상대적으로 잘 알려지지 않았지만 마니아 사이에서 사랑받는 곡이다. 총 다섯 장으로 구성된 이 교향곡은 첫 장에서 작은 새의 반가운 인사를 받는 것으로 시작하고, 두 번째 장에서는 시냇물이 흐르는 강가를, 세 번째 장에서는 시골 사람들이 즐거움을, 네 번째 장에서는 천둥과 비바람이 치는 모습,

마지막 장에서는 비바람이 지나간 후 다시 찾아든 정원의 고요함과 편안함을 그리고 있다. 시골 생활을 누구보다 좋아했던 베토벤은 이 6번 교향곡을 작곡할 때 가장 행복했다고 말했다.

삶은 누구에게나 고단하다. 그래서 적어도 비 오는 날만큼은 어느 시간의 한 토막을 끊어내 이 자연의 합주를 온전히 들어본다면 그게 고단함을 달랠 위로가 되지 않을까 싶다.

커다란 모과나무를 맨 처음 심은 이는 누구였을까

힘 빠진 정원에서

가던 길 멈추고 논에서 자라는 벼이삭을 본다. 초록 풀 속에서 벌써 이삭이 맺혔다. 잔바람에 이삭과 풀이 흔들리며 스삭이는 소리를 낸다. 세상 어떤 풍경이 이보다 배부를까. 엄마는 나의 태몽으로 논에서 벼를 수확하는 꿈을 꿨다고 했다. 10월 9일 태생이니 태몽도 계절을 탔나 보다. 할머니는 태몽 덕분에라도 나는 평생 먹을 걱정은 없이 살 거라고 했다. 요즘 세상에 누가 먹을 거 걱정하겠냐는 생각도 들지만, 지금껏 곤궁하진 않았으니 할머니의 축복처럼 내 뒤를 봐주는 조상 덕, 태몽 덕인지도 모른다.

8월 5일 여름 한복판에 남편이 목 디스크 치료차 입원을 했고, 8월 16일에 퇴원을 했다. 그사이 집 안은 먼지만 낀 정도인 데 비해 정원은 내 풀, 네 풀 뒤엉켜 난장판이 되었다. 잡초가 다 미운 건 아닌데 덩굴은 진짜 제거할 방

41

법이 별로 없다. 문어발처럼 여기저기 다리를 걸쳐 죄다 뒤범벅을 만드니 너무나 미울 뿐이다. 정원 어지럽히는 데는 거미줄도 한몫한다. "산 입에 거미줄 치랴"라는 속담이 있지만, 가끔은 진짜로 쟤네들이 결국은 산 사람 입에도 거미줄을 칠 수 있겠구나 싶어진다. 정원 모퉁이마다 수 미터를 가로지르며 거미줄을 쳐대기 때문이다.

퇴원하는 날, 집으로 돌아와 밀린 빨래도 널어놓고 정원을 바라보며 머릿속으로 계산을 튕겨보았다. 잡초도 제거하고, 웃자란 풀도 잘라주고, 잔디도 깎고, 산발한 머리채 같은 버드나무 가지도 잘라주고……. 암담한 정원을 보고 있자니 아무리 계획을 세워도 엄두가 나질 않았다. 아, 나이는 육체로만 오는 건 아니다. 마음으로도 온다. 막상 하면 할 수 있는 일인데도 마음먹기가 더 어려워져 망설이다 이내 속이 편안해졌다. 믿는 구석이 있었다. 이제 가을이 오기 때문이다.

정원에 가을이 온다는 건 풀의 성장이 멈춘다는 것이고, 풀의 성장이 멈춘다는 것은 배추가 소금에 절여지듯 풀이 죽는다는 것이고, 그제야 잡을 수 없을 정도로 왕성했던 식물의 세력이 잡힌다는 뜻이기도 하다.

힘 빠진 정원은 그 어느 때보다 고요해지고 차분하다. 난 그게 식물의 욕심이 사라졌기 때문이라고 해석한다. 식물도 욕심을 부린다. 더 커지고, 더 피우고, 더 많이 맺기 위해. 그 욕심이 절정을 이루는 게 여름이다. 그러다 욕심이 뚝 멈추는 시기가 찾아온다. 바로 가을이다.

식물들이 욕심을 버리는 방법은 간단하다. 가진 걸 슬슬 버리기 시작한다. 그토록 무성했던 잎도 버리고, 열매도 가질 만큼만 남기고 떨궈낸다. 이 버림이 실은 들끓던 정원을 고요하게 만든다는 것을 나는 잘 안다.

식물이 욕심을 멈춰 고요해진 가을의 정원이 나는 참 좋다. 어떤 이는 나이 들면 가을이 쓸쓸해서 싫다고 하는데 나는 힘을 빼는 가을이 좋기만 하다. 펄펄 끓는 국 냄비의 불을 끄면 잠시 후 국물의 수면이 잔잔해지는 것처럼, 여전히 뜨겁지만 멈춰진 에너지의 국맛을 내는 시간이 바로 가을과 비슷하기 때문이다. 물론 언젠가 완전히 식어버려, 긴 동면의 시간에 접어들겠지만 이때의 온화함은 분명히 여름과는 다르다.

인생의 정점을 언제로 봐야 할지 모르겠지만 쉰을 넘

기며 이제는 불을 꺼야 한다는 생각을 할 때가 많다. 욕심과 성장의 불을 끄고, 천천히 식어가도 괜찮을 수 있는 나를 종종 그려본다. 늙어감이 서러워서인지 '동안 얼굴', '동안 몸매'에 집착하는 세태에 나도 흔들릴 때 있지만, 다시 또 맘이 돌아선다. 내 삶에 찾아오는 가을을 막을 이유가 있겠나. 정원에 찾아오는 가을처럼 나의 나이 듦도 충분히 따뜻하고 아름다울 수 있으니 잘 철들어보자고, 그렇게 나의 늙어감을 가을과 함께 다독여 본다.

여름의 고단함을 위로해 주는 오포라의 시간

여름이 훑고 간 정원엔 상처가 가득하다. 봄날 싹을 틔웠을 때만 해도 연초록으로 그토록 보드랍고 눈이 부셨던 잎들은 어느새 질겨지고 비바람에, 자외선에 시달려 온전한 모양이 남은 게 없을 정도다. 사람만 늙는 것이 서러운 게 아니라 식물도 알고 보면 늙고 병들고, 우리의 고통을 똑같이 치른다.

특히 우리나라의 여름은 두 번의 고비가 있다. 날이 더워지니 식물의 성장은 눈이 부실 정도다. 그런데 이럴 때 강력한 비의 시간도 다가온다. 그냥 비가 아니라 시간당 200밀리미터를 넘어서기도 하는 폭우는 웬만한 식물은 다 주저앉게 한다. 그러다 겨우 몸을 추스르면 이번엔 섭씨 40도 가까운 맹렬한 더위가 기다린다. 어떤 날은 바람도 없이 습도가 90퍼센트를 넘기는, 그야말로 아마존

열대 우림보다도 가혹한 찜통더위가 찾아온다.

이 여름, 동해는 해수욕장이 개장을 한다. 보통 7월 초 문을 열고, 8월 20일 즈음이면 입수를 금지한다. 이 8월 20일 즈음이 24절기 중 바로 처서다. 드디어 가을이 본격 적으로 시작된다는 절기인 셈이다.

나는 가을이 왔음을 동해 해수욕장의 폐장 소식으로 눈치채곤 한다. 이제 찬 바람이 북쪽에서 불어올 것이고, 제아무리 기세가 등등했던 잡초도 한 풀 꺾인다는 것을 잘 알기 때문이다. 이때부터는 기가 막힐 정도로 바람의 결도 달라진다. 아직 뜨거운 데도 분명히 바람 속에 찬 기 운이 돈다.

여름의 패기에 정원에 나갈 엄두조차 못 냈던 나는 그 제야 정원에 다시 서본다. 정원 화단엔 그 엄청났던 여름 의 광기에도 불구하고 꼿꼿하게 견디어 씨를 맺은 식물들 이 있다. 향기가 강한 펜넬 꽃 진 자리엔 이미 탐스러운 씨 주머니가 맺혀 있고, 아치에 매달린 포도의 덩굴엔 보랏 빛 포도송이가 따 먹을 정도로 여물어 있다. 심은 지 5년 만에 드디어 사과나무에도 열매가 매달렸고, 모과나무의

커다란 모과나무를 맨 처음 심은 이는 누구였을까

열매는 초록빛이 어느새 노란색으로 변하는 중이다. 아무리 힘들어도 제 할 일을 잘 해낸 식물들의 성과물이 고맙고 기특하기만 하다.

가을을 뜻하는 영어 단어 'autumn'은 와인의 수확을 관장하는 신, '오포라_{Opora; 그리스 신화의 여신. 마이너 여신이라 잘 알려지진 않았지만 가을을 상징한다.}의 시간'을 뜻한다. 우리말 '가을'에도 '거두다'라는 음이 들어 있어 가을은 분명히 무엇인가를 거두는 풍요의 시간이기도 하다. 하지만 모두에게 허락된 풍요로움은 아니다. 여름을 견디지 못하면 식물에게도, 우리에게도 이 오포라의 시간은 오지 않는다.

오래된 모과나무를 심다

"아버님, 이번 생은 끝났습니다. 아무리 노력해도 안 되네요. 저도 이제 그만할랍니다. 아버님 원하는 대로 사는 거 이제 그만하고, 나도 내 맘대로 살래요."

칠순을 넘긴 장남이 풀이 무성한 부모님의 무덤가를 벌초하며 이런 말을 읊조렸다고 한다. 조상에게 받은 땅을 터전으로 50년 넘게 나무도 심고 가꾸어 남부러울 정도의 부를 축적한 분이다. 하지만 이 많은 재산 탓에 아내, 자식들과 싸움이 나고 결국은 아픈 몸으로 황혼에 혼자가 되었다는 고백을 들었다. 20년 가까이 알고 지내온 분의 허탈한 삶의 이야기를 듣고 나니 하루 종일 가슴이 먹먹하고, 왠지 모를 슬픔에 가라앉기만 했다. 집수리를 하는 중이라 마당에 놓을 나무 한 그루 사기 위해 찾아갔던 길이었는데 그만 마음이 너무 무거워지고 말았다.

커다란 모과나무를 맨 처음 심은 이는 누구였을까

요즘 나는 속초에서 집과 정원을 수리 중이다. 영국 유학에서 돌아와 2013년, 속초에 터전을 잡았으니 어느덧 10년이 넘었다. 워낙 바람이 많은 지역이라 큰바람 치는 날이면 집 전체가 흔들리기도 한다. 그래도 지은 지 170년도 넘은 이 오래된 한옥의 대들보며 서까래의 목재가 아직도 잘 견디어 주니 고마울 뿐이다. 서까래 사이 페인트칠도 다시 하고, 바닥에 마루도 다시 놓고, 그리고 이제 나이 들어갈 일을 생각해 되도록이면 정원도 관리하기 수월하도록 바꾸고 있다.

그간 정원 디자인 일을 하면서 지켜온 큰 원칙 중에 하나가 큰 나무를 옮겨 심지 않았다는 것이다. 큰 나무가 들어서면 더할 나위 없이 멋질 터이지만 집을 오히려 압도할 가능성이 높고, 또 식물의 자생력을 생각해 봐도 힘겨울 게 뻔하기 때문이다. 대신 디자인적으로는 작은 나무를 심어 나무가 크는 세월만큼 우리도 함께 성장하는 걸 권장한다.

하지만 속초 집 정원을 리노베이션하는 과정에서는 맘을 바꿔 정말 크고 오래 묵은 모과나무를 한 그루 들였다. 이 오래된 집에 어울리는 커다란 나무 한 그루 정도는 있어도 좋지 않으냐는 남편의 권유 때문이었다. 하지만 나무를 결정하고, 막상 옮기려고 보니 무게만 무려 3톤, 뿌리 지름이 1.5미터가 넘었다. 운반도 어려웠지만, 도착 후에도 크레인과 지게차를 이용해 깊숙한 앞마당 정원까지 들여오는 데 꼬박 하루가 걸렸다.

모과나무는 심은 직후부터 한 잎 두 잎 노랗게 단풍이 들어 지금은 추적추적 오는 빗속에서 가을 분위기를 흠씬 일으키는 중이다. 원칙에 벗어난 일이긴 했지만 큰 나무, 오래된 나무를 옮겨 와 심어보니 참 다르다. 굵은 가지를 만지다 보면 이 나무를 맨 처음 심었던 이는 누구였을까, 그는 어떤 마음으로 이 나무를 어디에 심었을까, 그리고 주인은 몇 번이나 바뀌었을까, 이 모과나무는 지금의 주인이 된 나와 우리 가족을 사랑해 줄까…… 많은 생각이 든다. 그냥 나무 한 그루를 심은 것이 아니라 백 년도 넘게 살아온 생명체의 시간을 함께 들여놓은 느낌이다.

사실 오래된 한옥을 구입할 때도 비슷한 마음이었다. 이 집을 처음으로 지었던 이의 마음, 이 집을 거쳐 간 주인들의 마음이 이 집에 남아 있다는 느낌들. 사실 이 지구의 땅을 우리는 경계를 치고, 서류를 만들어 주인이 누구

커다란 모과나무를 맨 처음 심은 이는 누구였을까

인지를 가르고, 매년 재산세를 내며 이곳이 내 땅이라고 말뚝을 박는다. 하지만 진정 우리가 이 땅의 주인이 맞을까? 결국 이 지구의 모든 것은 우리가 잠시 빌려 쓰고 돌려주는 일임을 어쩔 수 없이 깨달으니 말이다. 그렇다고 '소유를 해서 무엇하랴, 다 버리고 살자'는 종교적 무욕에는 나는 도저히 미치지 못할 듯싶다. 하지만 이런 마음은 늘 들곤 한다.

영어에 'steward'라는 단어가 있다. 우리말로 해석하면 '관리자'가 될 텐데, 땅의 주인보다는 어쩌면 '땅의 관리자'라는 표현이 더 적절한 게 아닌지.

모과나무의 학명은 Pseudocydonia sinensis다. 중국이 자생지이지만 우리나라에 들어와 산 지도 아주 오래되어 이제는 토착 식물로도 여겨진다. 모과는 유난히 노랗고 향기가 나는 열매를 맺는데, 나무에 매달려 있을 때보다 따고 난 후에 향이 더 진해져서 집 안에 두어 방향제로도 활용한다. 떫고 쓴 맛이 있기는 하지만 설탕과 함께 조려서 잼을 만들기도 하고, 서양에서는 젤리를 만들거나, 타르나 파이를 만들기도 한다.

앞으로 나는 이 사연 많은 모과나무에 새싹이 돋고 낙

엽이 지는 것을 지켜보며 나의 가족 그리고 나를 아는 모든 이의 안녕을 열심히 빌어볼 참이다. 그중에서도 이 모과나무의 전 주인을 위한 기도도 빼놓지 않을 참이다.

'부디 그의 삶이 조금 더 평온해지기를!'

커다란 모과나무를 맨 처음 심은 이는 누구였을까

미혹보단 평범함을 위하여

세계 무역을 쥐락펴락하던 네덜란드에 1637년 운명적 사건이 발생한다. 가장 비싼 가격에 판매된 튤립 알뿌리인, Tulipa 'Semper Augustus' 종의 썩음 병이 알려지면서 시장이 붕괴되기 시작했다.

이 튤립은 빨간색과 흰색이 마치 붓 터치를 한 듯 섞여 있는 꽃을 피워, 화가들의 정물화 속에 종종 등장하는 종이다. 알뿌리 하나에 집 한 채 가격을 호가할 정도로 귀한 품종이었지만, 실은 알뿌리가 바이러스에 감염되어 병을 앓는 과정에서 생긴 변종 현상이었다. 한때 네덜란드 경제를 붕괴로 내몰았던 이 변종 튤립은 지금도 대규모 튤립 농장에서 매년 발견된다. 이제 농부들은 이 종이 나타나면 바이러스가 번질까 빠르게 뽑아내 불태워 없애버린다.

아무리 빼어난
식물도 혼자서
정원 전체를 빛낼
수 없다. 수많은
이웃 식물과
조화를 맞추었을
때 비로소 더욱
아름다워진다.

너무 빼어난 아름다움은 종종 독으로 묘사되곤 했다. 백설 공주를 죽이기 위해 계모가 내민 독사과도 지나치게 예뻤고, 하나님이 먹지 말라고 경고한 에덴동산의 열매를 이브가 먹은 것도 그 금단의 열매가 너무 탐스러웠기 때문이었다. 또 그리스 로마 신화 속의 오디세이는 연꽃 열매를 먹고 수십 년 동안의 과거를 망각한 채 헤어나지 못하기도 했다.

지나친 아름다움으로 사람의 정신을 빼앗고 홀리게 하는 것을 '미혹迷惑'이라 한다. 그런데 이 미혹의 반대어가 나는 '평범함'이라고 생각한다. 정원을 디자인하면서 남의 집에든, 우리 집에든 특이하고 희귀한 식물을 거의 심지 않는다. 지극히 평범해 누구라도 살 수 있고 심을 수 있는 수종을 선호하며, 관리하기 어렵고 까탈스러운 식물보다는 쉽고 편하게 키울 수 있는 종을 선택한다. 사람의 마음을 빼앗고 혼란스럽게 하는 미혹의 아름다움보다는 평범함의 가치를 더 잘 알기 때문이다.

예를 들어 유난히 도드라지는 아름다움을 지닌 장미와 백합, 해바라기 등의 경우는 다른 식물과 혼합이 잘 안된다. 그래서 단독 화단을 만들어주거나, 꼭 함께 써야 한다면 그 수를 매우 제한해 화단의 균형을 맞춘다. 대신 꽃이 화려하지 않은 라벤더, 로즈메리, 은쑥, 버베나, 백묘국, 붓꽃, 로벨리아 등은 다른 식물을 비춰주는 아름다운 배경이 되어주기 때문에 양도 많이 쓰지만, 화단에 오래도록 머물 수 있게 지속적으로 심는다.

세상엔 미혹의 아름다움도 있지만 평범함의 아름다움도 있다. 정원 역시 이 평범함을 잃으면 시끄럽고 요란하기만 할 뿐, 조화로운 아름다움을 만들기 어려워진다. 평범하다고 결코 기죽을 필요가 없는 이유가 여기에 있다.

다 괜찮다고 말해 준다

어린 시절, 엄마는 아침마다 꿈 타령이었다. 꿈자리가 어수선하니 몸조심하라는 얘기를 귀에 못이 박힐 정도로 들었다. 그때는 꿈에 집착하는 엄마가 이상하기도 했고, 반감도 생겨 '또 저런다' 싶기만 했다. 그런데 지금의 내가 그때 엄마가 했던 것과 똑같이 꿈 타령을 하며 다 큰 두 딸을 그렇게 단속한다. 애들이 어떤 마음으로 내 얘기를 들을지 충분히 짐작하는데도 기어이 기우를 보태주고 만다.

이런 날에는 억지로라도 시간을 내 정원 일을 시작해 본다. 처음엔 몰랐는데 내가 하루 종일 말없이 정원 일을 하는 날은 뭔가 마음에 불편함이 있기 때문이었다. 피어나는 걱정, 불안함, 감정의 흔들림이 자꾸 마음속을 헤집으면 나도 모르게 정원 한 귀퉁이에 앉아 잡초를 뽑고, 가지를 잘라주며 시간을 보냈다.

정원에서 특별한 일을 하는 것도 아니다. 늘 그렇듯 잡초의 머리채를 휘어잡아 끊어내고, 자르고, 바닥을 쓸고……. 허리도 뻐근하고 목도 저려 올 즈음 고개를 들면 내리쬐는 햇볕, 푸른 하늘을 흘러가는 구름, 불어오는 바람, 그 모든 게 나에게 '뭘 그리 애태우냐, 다 괜찮다'라고 말해 주는 듯했다. 그게 내겐 힐링이고 위로의 시간이었다.

좀 엉뚱한 얘기지만, 도마에 김치를 썰고 나면 빨간 고춧물 얼룩이 영 사라지지 않는다. 그런데 그 도마를 햇볕에 내놓으면 기가 막히게 한두 시간 후면 김치 얼룩이 빠진다. 과학적으로 설명되는 화학 작용이 분명히 있겠지만, 쉽게 말하면 햇볕 자체에 소독 능력이 있기 때문이라고 한다. 흰 빨래도 마찬가지여서 아무리 표백제를 써도 이미 변색된 흰색은 원래의 흰빛이 잘 나오지 않는데, 햇볕이 좋은 날에 빨랫줄에 널어 바짝 말리면 정말로 흰빛이 더욱 선명해진다. 생각해 보면 지금은 사라진 광목 이불 호청을 햇볕에 말리면 파닥파닥한 촉감과 함께 났던 햇볕 향기가 소독과 표백의 효과 때문이었던가 싶기도 하다.

정원에서 시간을 보내며 나 자신도 소독되고 표백되

커다란 모과나무를 맨 처음 심은 이는 누구였을까

는 느낌을 받는 건 어쩔 수 없다. 이렇게 맑아지면 차분히 무엇인가가 정리되기 시작한다. 막연히 나를 어지럽히는 것의 정체성을 찾아내기도 하고, 포기할 것은 포기하고, 내려놓을 것은 내려놓게 된다. 살다 보니 삶에서 생기는 문제의 대부분은 악착같이 챙길 때는 절대 와주지 않고, 모른 척 내려놓아야 슬며시 와주곤 했다.

최근 남도 지방의 섬을 정원으로 개발하고 싶다는 고객을 만나 완도에서도 더 들어간 외딴 섬을 몇 번 오갔다. 처음으로 섬에 가던 날은 날씨가 쾌청했음에도 불구하고 너울이 높아 배의 진동이 엄청났다. 그러나 돌아오는 길은 어느새 잔잔해진 물결이 더할 나위 없이 평화로웠다. 그때 우리를 태워주었던 섬의 주인은 이런 말을 했다.

"바다가 시시각각 악마도 됐다, 천사도 됐다 합니다."

바다만 그런 것이 아니다. 정원에 부는 바람도 햇볕도 비도 눈도 이 모든 삶이 시시각각 천사도 되었다, 악마도 되었다를 반복한다. 그래서 가만히 정원을 서성이다 보면 이런 소리를 듣게 된다.

"지금 내 맘에 들끓고 있는 분노, 걱정, 슬픔, 불안도 곧 천사의 얼굴이 되어 나를 찾아올 수도 있다."

라벤더이거나 쑥이거나

라벤더는 잘만 키우면 관목이 되는 덩치 있는 식물이다. 자생지는 지중해 연안으로 이곳에서는 라벤더를 잘 깎아 생울타리로 만들기도 한다. 이 라벤더 생울타리에 빨래를 널어 말리기도 하는데, 그러면 라벤더 향기가 옷에 배어 일석이조의 효과가 생긴다. 우리나라에서도 잘만 키우면 관목으로 우람하게 자란다. 하지만 이건 아래 남쪽 지방에서만 가능하고, 추위에 약하기 때문에 영하의 겨울 추위가 있는 곳에서는 다년으로 살아남지 못한다.

내가 살고 있는 속초는 겨울이 다소 온화하여 이 라벤더의 월동이 오락가락한다. 어떤 해에는 월동을 하고, 추위가 강해지면 전부 죽는다는 것을 경험으로 잘 안다. 그럼에도 불구하고 작년 월동과는 상관없이 향기로운 라벤더를 즐기려고 화단 곳곳에 다섯 판 넘게 심었다. 사실 겨

커다란 모과나무를 맨 처음 심은 이는 누구였을까

울을 나고 못 나고는 라벤더에게 맡길 수밖에 없지 않냐고, 나 좋을 대로 편하게 생각해 버렸다. 다행히 작년 겨울에 눈이 많이 내려주었고, 날씨도 포근했던 편이라 화단을 살펴보니 반 정도의 라벤더가 살아남은 듯했다. 이미 살아남은 라벤더 잎에는 보드라운 물기가 차 오르고 있었다.

정원을 보는 즐거움 중에 이보다 더한 것이 없다. 모진 겨울을 나고 잎을 틔우는 라벤더를 보자니 너무 기특하고, 나 역시도 같이 겨울을 잘 보냈구나 싶은 생각에 손이라도 뻗어 악수라도 하고 싶은 심정이었다. 그런데 자세히 보니 그 옆에 '어라?' 라벤더와 살짝 비슷한 은회색 잎을 틔운 지독하게 미운 '쑥'이 보였다. 생각해 보니 얼마 전 통영에서 먹었던 '도다리 쑥국'이 떠오르면서 '그렇지, 라벤더만 올라왔겠나 쑥도 올라왔다'는 사실을 몰랐던 거다.

그제야 이리저리 화단을 살펴보니 벌써 쑥이 여기저기 많이도 진을 치고 있었다. 에고, 가끔 내가 키우는 식물들에게 원망이 생기기도 한다. 아니 어쩌자고 그렇게 정성을 다해 돌봐줘도 비실거리고, 굴러 들어온 쑥에게도 지고, 민들레에게도 지고, 내 맘을 그리도 몰라주는지. 본

김에 과감하게 화단 곳곳에 숨어든 쑥을 기어이 뽑아냈다. 손안에 쥐고 보니 수북해서 내친김에 멸치 국물 우려내서 호박, 감자와 함께 넣어 쑥국도 끓였다. 사실 살겠다고 나온 쑥을 모질게 뽑을 땐 일말의 죄책감이 슬며시 올라오기도 했지만 이내 마음을 접었다. 경험상 쑥은 절대 나에게 지지 않는다는 것을 잘 알기 때문이다. 내가 뜯어낸 그 자리에서, 내가 아끼는 라벤더보다 더 열심히 자라서 기어이 올여름 내내 나의 부아를 돋울 것이라는 것을 너무도 잘 안다.

정원은 인간이 만든, 인간에 의한 매우 이기적인 공간이다. 식물들의 자생지를 떠나오게 하고, 자연 상태에서라면 서로 만날 수도 없는 북반구, 남반구의 식물을 섞어서 심고, 내가 좋아하는 식물들만 골라 화단을 가득 채우는 공간이다. 가끔 우리가 키우는 식물들을 '반려 식물'이라고 호칭하는 걸 듣기도 한다. 하지만 나는 이 용어를 절대 쓰지 않는다. 아니, 쓸 수 없다는 것을 안다. 왜냐하면 아무리 내가 심었다 할지라도 식물은 결코 우리의 반려가 될 생각이 없다는 것을 알기 때문이다.

식물의 강력한 힘은 저항이 아니라 순응하여 진화하

커다란 모과나무를 맨 처음 심은 이는 누구였을까

는 데 있다. 식물들은 우리가 심어준 자리를 묻지도 따지지도 않고 거기에서 살아갈 방법을 최선을 다해 찾아내고, 정말 강하고 집요하게 자신의 삶을 살아간다. 그러니 우리만 애절하게 반려라고 우길 뿐, 식물 입장에서는 우리와 함께할 맘이 없다. 시간이 흐를수록 만만했던 정원이 화초, 잡초 어느 것 하나 내 맘대로 되는 것이 없다는 걸 깨닫게 하는 공간이기도 하다. 결국 우리의 이기심이 가득한 정원이지만, 그래서 반려가 될 수 없는 곳이지만, 정원은 내 삶과 묵묵히 동행하는, 내 맘대로 안 되는 작지만 커다란 우주이기도 하다.

올해도 나는 맘대로 안 되는 정원이라는 우주에서 라벤더에게 잘 살아보라고 독려도 하고, 쑥에게 너는 왜 이렇게 사냐고 원망도 하고, 꽃 피면 찾아오는 벌들에게 그 꿀은 어디에 모아두고 사냐고 묻기도 하고, 그렇게 살아볼 참이다.

2
—
식물에도 MBTI가 있다

내가 심었다고 내
맘대로 되는 게
있을까. 솟구치는
거친 마음을 추스려
가라앉히는 걸
배우는 곳, 그게
정원이기도 하다.

식물에도 MBTI가 있다

어느 날 가족 단체 채팅방에 첫째 딸이 한번 해보라며 설문지 사이트의 링크를 보냈다. 수많은 질문에 이래저래 답을 하고 나니, 나의 성향이 ENTJ라고 한다. 요새 유행하는 MBTI 테스트였다. 둘째 딸이 불쑥 이런 문자를 남겼다. "아, 내가 왜 그간 엄마한테 상처를 받았는지 이제야 알겠다."

이 문자의 사연은 MBTI 테스트 몇 달 전으로 거슬러간다. 해외에서 직장 생활을 하는 둘째 딸이 친구와 싸웠는데, 둘이 함께했던 추억의 물건을 친구가 자신도 소속돼 있는 단체방에 팔겠다고 올려서 너무 속상하다고 하소연을 했다. 그때 나는 내 의식의 흐름대로 물었던 것 같다.

"그래? 어떤 물건인데?"

그러자 둘째 딸은 너무 황당한 목소리로 되물었다.

"에잉? 그게 왜 궁금한데? 여기서 핵심은 내가 속상하다는 거야, 엄마."

"아니, 어떤 물건인지에 따라서 그게 정말 슬퍼할 정도로 힘든지, 아닌지 판단을 하지."

"헐~"

둘째 딸의 성향은 나와 한 자리가 다른 ENFJ라고 했다.

MBTI 테스트가 맞느냐 안 맞느냐, 어떤 근거로 그런 분석을 하느냐는 중요치 않다. 그날 이후 나는 같은 질문에도 사람에 따라 다른 답이 나오고, 내가 상당히 고민하여 준 답이 상대에게 전혀 위로도 해결도 안 될 수 있음을 깨달았다.

생각해 보면, 실은 식물에도 일종의 서로 다른 MBTI 성향이 있다.

E와 I를 각각 외향적, 내성적이라고 분류한다면 식물에겐 햇볕을 좋아하는 E와 반그늘 상태를 좋아하는 I 식물이 있다. I 성향의 식물은 지나치게 햇볕을 받으면 오히려 잎이 타들어 간다. 보통은 큰 잎을 지닌, 열대 우림 기후에서 사는 식물들 중에 이런 성향이 많다.

N과 S의 차이는 이런 비교가 가능할 듯하다. 상록 침

엽수처럼 골고루 햇볕을 받기 위해 원뿔 모양의 매우 기하학적인 형태를 지닌 식물군이 있는가 하면, 가지를 마음껏 수평으로 뻗어가며 멋대로 자라는 활엽수가 있다. 그런가 하면 F와 T의 차이는 습도, 온도, 바람, 햇빛에 유난히 민감하게 반응하는 식물군과 탈없이 무던한 식물군으로 구별할 수 있을 것 같다.

식물을 키우면서도 태생지를 따져 빛을 좋아하는지, 어떤 온도를 좋아하는지 등의 조건을 가려줘야 한다. 하물며 사람과 함께 지내는 일에 '너는 틀렸고, 나는 옳다'가 있을 수 있나. 부디 살면서 깨달은 것을 원점으로 돌리는 그런 실수만이라도 하지 않으며 살아가기를 나에게 당부할 뿐이다.

식물을 건강하게 키우는 집

온 집 안에 불을 켜놓아서 가끔 남편에게 핀잔을 듣기도 한다. 어두움에 대한 무서움증이 있어서다. 사실 어렸을 때부터 무서움이 많았다. 벽에 걸린 옷이 달빛에 비치면 이불을 뒤집어쓰고 얼굴을 내놓지 못하곤 했다.

살면서 귀신보다 더 무서운 게 살아가는 일이라는 걸 알아서인지 그 무서움증도 많이 사라졌다. 하지만 지금은 다른 이유로 한밤중에도 램프를 켜놓는다. 그 밑에 식물을 두고, 부족한 광합성을 이렇게라도 도와야 하기 때문이다. 현관에 센서등이 달려 있지만 그곳이 늘 어두운 것도 싫어서 식물을 두고, 마찬가지로 스탠드 램프를 켜둔다. 바깥 정원과 달리 집 안에도 곳곳에 식물을 두는 이유는 인테리어로 식물만큼 효과적인 게 없어서이기도 하지만 실은 식물의 건강함이 우리 집의 건강함을 재는 잣대

커다란 모과나무를 맨 처음 심은 이는 누구였을까

가 되기 때문이다.

흑사병이 창궐하던 때, 유럽은 인구의 5분의 1을 잃었다. 위생이라는 걸 몰랐던 그 시절, 사람들은 왜 이 병에 누군가는 걸리고, 누군가는 안 걸리는지를 과학적으로는 이해할 수 없었다. 병에 걸리지 않은 사람들에게서 찾은 공통점은 그들이 사는 집의 안과 밖이 깨끗하고, 정원에서 꺾은 꽃이 집 안 곳곳에 장식돼 있다는 것이었다. 실제로 그랬을 것이다. 그래서 생긴 미신이 현관에 식물을 걸어두면 악마가 들어오지 못한다는 것이었고, 식탁에도 늘 꽃을 두는 풍습이었다. 일본에도 비슷한 풍습이 있다. 새해 첫날에 수많은 신 중 축복의 신이 문으로 들어와 주는데 상록의 잎을 걸어둔 대문으로만 들어와 준다고 믿었다.

최근 유튜브를 통해 한 무속인이 만든 '이렇게 해야 집 안에 복이 들어온다'라는 제목의 영상을 재미있게 보았다. 첫째는 현관을 깨끗하게 하라. 둘째는 현관에서 화장실이 마주 보이면 안 되고, 화장실은 밝고 깨끗해야 한다. 셋째는 어둑한 곳을 만들지 말고, 넷째는 오래되고 낡은 옷이나 물건을 집 안에 너무 많이 들여놓지 말라는 것이었다.

2. 식물에도 MBTI가 있다

정원 생활은 아주
이기적으로 해야
한다. 그래서
내 몸에 버거운
정원이라면 잠시
멈춰야 한다. 다시
시작할 수 있을
때까지.

슬며시 웃음이 좀 났다. 정원 전문가로서 나도 같은 조언을 해주기 때문이다. 식물을 키우려면 당연히 집이 밝고 쾌적해야 한다. 창문을 통해 들어오는 빛으로 식물은 광합성을 하기 때문이다. 환기도 잘 시켜야 한다. 둔탁한 공기는 화분 속을 벌레의 온상지로 만들 수 있다. 또 화장실에도 물속에서 키우는 식물 하나쯤 두라고 권한다. 아이비나 고사리가 적당한데 이 식물들이 쾌쾌한 화장실의 환경을 신선하게 만들어주는 데 일조를 한다.

미신은 의외로 과학적인 증명과는 별개로 우리 삶에 필요해서 생긴 경우가 많다. 오히려 과학적인 설명보다 알기 쉽고 더 잘 들어맞기도 한다. 집에서 식물을 키우면 복이 오는 게 맞다. 식물이 좋아하는 습도는 40도 내외, 온도는 섭씨 18도에서 22도 사이가 적당하다. 환기를 하루에 두 번 정도 30분 이상씩 해줘야 좋고, 식물이 잘 자랄 수 있도록 환하고 밝게 만들어주어야 한다. 이런 환경은 정확하게 우리 몸을 건강하게 할 수 있는 조건이기도 하다. 식물을 키워 복이 오는지, 복이 오도록 만들어 식물이 잘 크는지 모르겠지만, 집에서 식물이 잘 자란다면 분명히 건강한 집임에는 틀림없다.

'때'를 놓친 튤립에게

튤립, 수선화의 알뿌리를 주섬주섬 챙겨서 플라스틱 보관함에 넣고, 햇볕이 잘 들지 않는 북쪽 벽에 차곡차곡 보관하는 중이다. '에고, 잘 견뎌야 할 텐데.' 마음에서 고단한 한숨이 나온다. 원래는 땅이 얼기 전까지 심었어야 했는데 시기를 놓쳤다. 변명을 하자면 가을 마켓을 한다고 여기저기 돌아다니다 보니, 정작 내 집 화단에 꽃 심어야 할 시기를 놓쳐버렸다. 그래도 좀 믿는 구석은 있다.

몇 해 전, 심은 줄 알았던 튤립 알뿌리 하나가 화단 위를 뒹굴고 있는 걸 봄에 발견한 적이 있다. 그때 알뿌리 상태가 여전히 얼지도 않고, 통통하고 야무져서 땅속에 얼른 묻었는데 싹이 나고 꽃까지 피웠던 기억이 생생하다. 알뿌리 입장에서는 부실한 주인을 만나 생고생이지만 알뿌리의 생명력에 기대어 미안한 마음을 녹여보는 중이다.

튤립 알뿌리만 심어야 할 때가 있는 건 아니다. 살면서 '아, 그게 나에게 바로 그런 때였구나'를 깨달을 때가 종종 있다. 친정엄마의 당뇨 증상은 이미 엄마 나이 삼십대에 시작되었다. 그걸 알면서도 관리의 때를 놓쳤고, 그후 엄마의 상태는 점점 나빠졌다. 결국 돌이킬 수 없는 지점을 넘긴 후에야 온 가족이 엄마의 상태를 직시했다.

요즘 드라마 중에 시간의 회귀를 다룬 내용이 유난히 많다. 허무맹랑하고, 말도 안 되는 상상을 이렇게 공공연하게 하는 이유는 아마도 간절함 때문일 듯하다. 나는 한 번도 뒤를 돌아보며 과거의 나로 돌아가고 싶다는 생각을 해본 적이 없다. 하지만 유일하게 어떤 시간의 지점으로 갈 수 있다면 그건 엄마의 30대 중반, 나의 중학생 시절이다. 오래 머물고 싶지도 않다. 그저 단 1시간만 준다면 엄마를 꼭 설득하고 싶다. 엄마 몸보다 소중한 건 없다고, 제발 자식에게만 매달리지 말고 엄마 몸을 돌봐야 한다고, 그게 엄마가 진정으로 우리를 챙기는 일이라고…….

하지만 아무리 미래에서 온 내가 엄마의 죽음이 그토록 매달리고 아꼈던 자식들에게 어떤 영향을 미쳤는지를 말해 줘도 엄마도 경험하지 않은 자신의 미래를 추측하고 대비하지 않을지도 모른다는 생각도 든다. 참으로 어리석지만 그게 오늘, 현재만을 사는 우리들의 한계이기도 하니까. 가끔 엄마에게 투영된 내 모습을 보곤 한다. 나의 건강을 늘 걱정하는 가족들, 나는 지금 삶에서 진정으로 중요한 때를 놓치고 다른 일에 몰두하고 있는 것은 아닌지 싶은 깨달음.

때를 놓친 나의 튤립 알뿌리에겐 그래도 마지막 기회가 한 번 더 있다. 겨울 지나, 땅이 녹는 날 보드러워진 땅에 얼른 알뿌리를 넣어줄 참이다. 세상에 단 한 번밖에 없는 기회는 드물지 않을까 싶다. 적어도 몇 번의 기회를 다시 준다는 것을 경험상 잘 안다. 그 모든 때를 놓치지 않고 잘 눈치챌 수 있기를 바랄 뿐이다.

커다란 모과나무를 맨 처음 심은 이는 누구였을까

예쁜 풀정원의 탄생

뭔가 이상할 수도 있지만, 정원에서 '식물'이 주인공이 된 지는 오래되지 않았다. 그 전에는 정원의 주연이 뭐였냐고 묻는다면 동서양을 막론하고 '물'이다. 전남 담양의 '소쇄원'이나 보길도의 '세연정'과 같은 전통 정원이 모두 자연 계류를 이용해 물길을 연출한 것도 이 때문이다. 서양에서도 분수와 연못, 수로를 만드는 일이 우선이었고, 식물은 울타리 혹은 공간을 분할하고 형태를 만들어주는 역할로 심었을 뿐이다. 이러다 보니 식물 중에서도 딱딱한 목대를 지닌 나무만이 이용되었다.

시간이 흘러 18세기 말에서 19세기에 이르러 서양 정원엔 엄청난 변화가 찾아온다. 그 본격적인 시작을 역사적으로는 '영국의 시골 정원English cottage garden'으로 본다. 마차를 타고 돌아야 할 정도로 큰 부지를 지닌 귀족과는 달리 시골 서민들이 좁은 마당에 꾸민 정원엔 큰 나무가 줄지어 서 있는 게 아니라 '먹을 수 있는 풀'과 '예쁜 꽃을 피우는 풀'이 뒤섞인, 일종의 '예쁜 풀정원'이 만들어졌다.

셰익스피어의 아내인 '앤 헤스웨이'의 이름을 따서 붙인 '앤 헤스웨이 코티지 가든Anne Hathaway's Cottage Garden'이 있다. 셰익스피어의 출생지이자 매장지로 영국의 중세 모습이 그대로 남아 있는 스트라트퍼드 온 에이븐Stratford-on-Avon 외곽에 있는 이 정원은 정작 셰익스피어 생가보다 인기가 많다. 이 셰익스피어 처가 정원은 초가 앞 정원에 감자, 금잔화, 콩, 장미, 완두콩, 로즈메리가 특별한 형식도 없이 뒤엉켜 자라는데 이게 바로 정형적인 '예쁜 풀정원'의 모습이다.

이런 풀정원이 언제부터, 누구에 의해 시작됐는지는 알 수 없지만 처음엔 귀족들의 비웃음을 샀다. 하지만 시간이 흐르면서 귀족들조차도 점점 풀정원에 빠져들었는데, 중추적인 역할을 했던 한 사람이 아일랜드의 실용적인 정원사이자 언론인 윌리엄 로빈슨William Robinson이다. 그는 자신의 대저택에 꾸며진 과시적인 귀족 정원을 없앤 뒤 직접 가꾸고 관리하는 시골의 풀정원으로 바꾸었다. 그리고 많은 글을 통해 이 자연스러운 풀정원이 얼마나 정서적·육체적으로 우리에게 좋은지를 알리는 데 평생을 보냈다.

이후 예쁜 풀정원을 전문적으로 디자인하는 디자이너가 나타나면서 정원 문화는 한 획을 긋게 된다. 바로 화가이자 자수 전문가인 거트루드 지킬Gertrude Jekyll의 등장으로, 그녀는 풀정원을 예술적으로 구사하는 노하우를 제시하면서 '다년생 초본 화단Herbaceous border'이라는 새로운 개념을 만들어냈다. 그녀는 화가가 여러 색을 혼합시켜 화폭을 아름답게 만들듯 식물의 조합을 활용해 다양한 색과 질감, 형태로 연출했다.

당시 그녀가 디자인한 풀정원은 선풍적인 인기를 끌었다. 400개가 넘는 거트루드 지킬의 정원이 유럽, 미국 등에 조성되면서 정원 문화가 사회적 현상으로 바뀌게 된 것이다. 그동안 귀족의 전유물이던 정원이 서민의 문화로 바뀐 계기가 되었고, 남성 정치인들의 회합 장소로 쓰이던 정원이 여성의 패션·생활·문화의 교류 장소로 자리를 잡게 된다. 그러면서 다양한 초본 식물과 정원용품, 정원 패션 등이 개발돼 산업적으로는 원예 시장의 탄생을 알리는 계기가 되기도 했다.

요즘은 거투르드 지킬식 '초본 식물 화단'에서 좀 더 발전한, 미국 초원에서 스스로 자생하는 야생종을 이용한 '새로운 초본 식물 화단 운동New Perennial Movement'도 전 세계적으로 인기를 얻는 중이다. 물론 우리나라에서도 많은 사람이 네덜란드와 미국에서 비롯된 이 새로운 초본 식물 화단에 관심을 갖고 있는데, 중요한 것은 '예쁜 풀정원'을 가꾸려면 식물에 대한 공부가 필수라는 점이다. 우리나라에서 생존이 가능한지, 각기 다른 식물은 언제, 어떤 모양과 색으로 피어나는지, 여러 풀들의 혼합은 어떤 효과를 가져올지 등을 알아보는 공부가 선행되어야 한다. 가든 디자이너 입장에서 '예쁜 풀정원'은 분명 유럽이 그랬듯 우리의 정원 문화에도 원동력이 될 것으로 본다. 하지만 분명 우리만의 방식을 찾아야 함도 잊지 말아야 한다.

아직은 추위가 발목을 잡지만 땅이 조금씩 들썩거린다. 풀들이 딱딱한 흙을 들어올리고 있기 때문이다. 온몸을 잔뜩 웅크린 채 휴대폰만 보던 푹 숙인 고개를 들어 화단으로 한번 돌려보자. 그러면 열심히 봄을 준비하고 있는 예쁜 풀들을 만나게 될 것이다!

커다란 모과나무를 맨 처음 심은 이는 누구였을까

봄이 아닌 가을에 씨앗을 뿌리는 이유

가을은 식물들이 씨앗을 땅에 떨어뜨리는 계절이다. 자식을 대지에 내보내는 일종의 파종 시간인 셈이다. 그런데 원예적으로는 가을이 아니라 봄에 씨앗을 뿌리라고 권했는데, 최근엔 자연에서 벌어지는 현상처럼 가을 파종이 좋다는 설이 좀 더 힘을 받고 있다. 하지만 몇 년 전, 이 이론대로 가을에 씨앗을 뿌렸다가 낭패를 본 적이 있다. 겨울을 나고 봄에 싹을 틔워야 하는데 날이 따뜻하자 바로 돋아난 것이다. 연초록으로 수북하게 올라온 싹들은 곧 몰아닥친 겨울 추위를 맞았다. 얼마나 미안하고 안타깝던지. 하지만 다음 해 봄, 반전이 일어났다. 가을의 따뜻함을 참았다가 긴 겨울을 보낸 나머지 씨들이 싹을 틔워내면서 화단이 그 어느 때보다 예쁘게 변했기 때문이다.

사실 식물도 일종의 집단 생활을 한다. 같은 씨를 뿌려도 동시에 다 싹을 틔우지 않는데 이건 생존을 위한 전략이고 우리보다 더 오랜 시간 이 지구에서 살아온 삶의 지혜이기도 하다. 과학적으로는 이 현상을 '위험 분산Hedge your bets'이라고 하는데 경제에서도 같은 용어를 사용한다. 씨앗들은 스스로 선택을 한다. 선봉에 선 씨앗들은 재빨리 싹을 틔우지만 후발대는 다른 상황이 오기를 차분히 기다린다. 선봉이 유리할지, 기다림이 유리할지는 사실 알 수가 없다. 그래서 이걸 생존의 '무작위random'라고도 한다. 선택과 결과 사이에 정확한 예측 값이 나오지 않는 무의미한 인과 관계다.

식물들의 해거리도 실은 식물의 결정이다. 밤나무, 감나무처럼 해마다 그 열매가 확연하게 차이 나는 것 외에도 대부분의 식물들은 꽃을 피울지 말지에 대해서도 선택을 한다. 언젠가 어떤 분이 이런 질문을 한 적이 있다. "저희 집 수국이 처음에는 꽃을 잘 피웠는데, 다음 해에는 꽃이 거의 안 피고, 몇 년 후에 또 피고 그러는데 무슨 이유가 있을까요?"

과학적으로 이유를 설명하자면 커다란 꽃을 피워야

하는 수국은 봄부터 여름까지 열심히 광합성 작용을 해야 한다. 그렇게 비축한 영양분을 써서 화려한 꽃을 피우는데, 그해에 유난히 흐린 날이 많고, 바람이 불어 잎의 기공을 닫아야 하는 일이 잦았다면 상태가 좋지 않게 된다. 이런 상황에서 식물의 결정은 두 가지다. 완전히 죽을 각오로 혼신의 힘을 다해 꽃과 열매를 키우거나, 꽃을 포기하고 다음 해를 기약하는 것이다. 그런데 이 두 가지의 선택 모두 위험이 크다. 정말 씨앗만 남긴 채 죽을 수도 있고, 살아났지만 꽃을 피우지 않아 번식에도 실패하고 그걸 심은 인간에 의해 제거되기도 한다.

우리도 일생 동안 수많은 선택을 하며 살아간다. 그리고 그 선택에 따르는 결과에 쾌재를 부르며 즐거워도 하지만, 좌절하고 후회도 한다. 엄밀히 말하면 그 모든 선택에 우리가 책임을 져야 할 일은 그리 많지 않다. 선봉에 서서 싹을 틔웠던 씨가 잘못이 없듯이, 영양이 부족하여 꽃 피우기를 포기한 식물에게도 잘못이 없듯이, 우리의 선택도 그저 최선만 있을 뿐 그 결과의 값을 책임질 수 없기 때문이다. 그저 최선을 다해 잘 생존하였다면 그걸로 충분히 잘했다고 위로해 주면 된다.

올리브나무의 추억

영국 유학 시절, 작은딸과 단둘이 스페인 여행을 떠난 적이 있다. 그때 큰딸은 한국으로 돌아가 대학 생활 중이었고, 남편도 직장 생활 중이라 함께할 수 없었다. 우리 둘은 차를 빌려 열흘 동안 그라나다, 세비야, 코르도바, 말라가를 거치는 안달루시아 대장정 계획을 세웠다. 나는 운전을 담당하고, 둘째는 지도로 행선지를 체크해 주는 역할이었다. 그런데 세비야에서 말라가를 가던 중 둘째가 갑작스러운 제안을 했다.

"엄마, 여기 올리브 농장이 있다는데 들렀다 갈까?"

원래 이 여행 자체가 가봐야 할 정원 몇 군데를 빼고는 발길 닿는 대로 가보자는 것이었기에 나는 좋다고 했다.

하지만 이렇게 시작된 올리브 농장 찾기는 일생일대 가장 험난한 여행이 되었다. 내비게이션은 계속 산을 올

커다란 모과나무를 맨 처음 심은 이는 누구였을까

라가라고 안내하는데 몇 번인가 의심도 했다. 결국 길은 차 한 대도 가까스로 갈 정도의 외길로 이어졌고, 이 길이 맞는지 물어보고 싶어도 집도 사람도 눈에 띄지 않았다. 한 시간을 헤맨 후 겨우 마주친 생명체가 양 떼였다. 그런데 양은 있어도 양 치는 이는 없었다. 일이 이렇게 되니 낯선 스페인의 산 중턱에서 두려움에 떨 수밖에 없었다.

"안 되겠다. 일단 차에서 내리자. 여기가 하늘하고 가까우니까 소원이나 빌고 가자."

차에서 내려 보니, 초행의 두려움이 없다면 정말 아름다운 산 중턱에 우리가 있었다. 푸른 하늘엔 흰 구름이 둥둥 떠 있고, 여름이었지만 산들바람이 불어와 머리카락을 쓸어줄 정도로 청량했다. 순간 두려움은 사라지고 이렇게 아름다운 풍경 속에 딸과 함께 있으니 기분이 정말 좋았다. 눈을 감고, 아름다운 자연 속에 몸을 푹 담그고 우린 소원을 빌었다. 그때 내가 무엇을 빌었는지는 기억나지 않지만, 늘 빌어보는 '가족의 안녕과 행복' 뭐 이런 것이었을 것이다.

내려오는 길, 가만 보니 저 아래 건너편 산에 줄지어 심어진 올리브나무가 눈에 들어왔다. "아, 저기였나 보다." 빤히 보이는 곳에 있었지만 옆 산이라 갈 수 있는 상황이 아니었다. 포기하고 산을 내려와 무사히 말라가의 숙소로 들어갔다. 그때 둘째는 취업을 걱정하는 중이었는데 이후 무사히 취업이 된 것이 그 산에서 빈 소원 덕분인 듯하다고 말하기도 했다.

사실 안달루시아는 세계 올리브 기름의 70퍼센트를 생산하는 곳답게 그 후에도 여행 내내 우린 수많은 올리브나무와 농장을 볼 수 있었다. 이리 가까이 두고, 왜 그렇게 험한 길을 택했던 것인지.

그리스 로마 신화를 보면, 아테나 여신이 그리스인들에게 준 선물이 바로 올리브나무다. 어느 나라든 그곳 사람들에게 아낌없이 덕을 베푸는 자생 식물들이 꼭 있다. 우리에겐 콩이 그렇다. 잎과 열매는 먹을 양식이 되고, 껍질은 퇴비가 되고, 말린 몸체는 불을 붙이는 땔감으로 쓰인다. 어느 것 하나 버릴 구석이 없다.

강수량이 턱없이 부족한 지중해 인근의 나라에서는 올리브나무가 그 역할을 한다. 척박한 땅은 나무가 뿌리를 내릴 기반이 못 된다. 하지만 가뭄에 강한 올리브나무

커다란 모과나무를 맨 처음 심은 이는 누구였을까

는 이런 환경을 잘 이겨내고 자라준다. 열매는 먹을 양식이 되고, 나무는 목재로, 말린 잎은 지붕을 엮는 소재로도 쓰인다. 왜 올리브나무가 이곳 사람들에게 선물이었는지를 충분히 짐작할 만하다.

그때 나는 올리브나무가 우리에게도 선물을 주었다고 생각한다. 운명론을 따르자면 뜬금없이 그곳으로 우리를 이끈 이유가 분명 있었을 것이다.

그라나나, 코르도바, 세비야, 말라가로 이어졌던 그 여행에서 나는 무어인Moors: 지중해 연안, 아시아, 유럽, 북아프리카에서 살았던 민족들이 꿈꾼 많은 정원에서 문명의 흥망성쇠를 보았다. 그리고 여전히 그 모든 정원에 심어졌던 올리브나무가 아직도 그곳 사람들의 삶 속에 깊이 자리 잡고 있는 것도 보았다. 그 맑고 예뻤던 안달루시아의 하늘 아래서 난 설명하기 벅찬 감정이 올라왔다. 아테나 여신이 인간에 준 올리브나무는 또다시 여기서 수백 년의 인간 흥망사를 보지 않을까.

올리브나무보다 짧은 삶을 살다 가는 우리가 무슨 근심과 불안으로 이리 먹먹한 무게를 견디며 사는 건지. 지

금도 그곳을 생각하면 딱히 정의되지도 않는 오묘한 감
정들이 올리브나무와 함께 오롯이 떠오른다.

커다란 모과나무를 맨 처음 심은 이는 누구였을까

송화는 바람에 날리고

집 앞에 세워둔 차의 앞 창문이 온통 뿌옇다. 손으로 쓸어보면 먼지가 아니고 노란 송화다. 4월 말에서 5월 초에 소나무는 꽃가루, 바로 송화를 바람에 날린다. 소나무가 이렇게 꽃가루를 날리는 이유는 한 나무에 암꽃, 수꽃이 따로 피기 때문이다.

지구에서의 삶이 무려 35억 년 이상인 식물은 살아감의 방식이 단순하지 않다. 우리가 아는 꽃 중 '자웅동체'는 한 꽃 안에 암술과 수술이 함께 있는 식물로 그 출현이 아주 늦다. 그 전에는 은행나무처럼 암나무, 수나무가 따로 있었다. 그리고 시간이 흘러 소나무처럼 한 나무에 암꽃, 수꽃을 따로 피우는 식물도 등장했다. 송화를 날리는 주범은 수꽃이다. 다른 나무의 암꽃에게 닿으려 바람결에 이렇게 많은 꽃가루를 날린다.

이 송화로 만드는 전통 과자도 있다. 아마 요즘 아이들은 전혀 모를 듯하다. 실은 1960년대 후반 생인 나도 송화로 다식을 어떻게 만드는지 잘 모르고 컸다. 그런데 결혼을 하고 나서는 경상도 구미가 고향인 남편을 따라 매번 명절이면 귀성 행렬에 동참해 시댁을 내려갔다. 그때 처음으로 시어머니가 강정과 송화 다식을 집에서 만드는 걸 봤다. 그간 인테리어 장식품으로만 봤던 예쁜 꽃이나 글귀가 새겨진 동그란 구멍이 나 있는 나무판이 송화 다식을 만드는 틀이었다.

꿀에 송화를 넣고 잘 다진 다음 이 틀에 넣고 찍어내니, 먹기에도 아까운 예쁜 송화 꽃이 피어났다. 맛은 정말 기가 막혔다. 그간 내가 시장에서 사서 먹어본 강정과 송화 다식과는 차원이 다른 고소함이, 만드는 과정의 그 수고로움을 날리고도 남을 만큼 맛있었다.

시어머니 살아계실 때도 "이제는 귀찮고 힘드니 그냥 사다 쓰자"라고 하셔서 만드는 걸 몇 번 보지는 못했지만, 이제는 어머님도 돌아가셔서 집에서 강정과 송화 다식 만드는 일은 맥이 끊겼다. 매일 먹는 삼시 세끼 상 차리는 걸 세상에서 제일 힘들어하고, 요리에는 애초에 재능이 없는 내가 승계하지 못했기 때문이다. 언젠가는 친정엄마

커다란 모과나무를 맨 처음 심은 이는 누구였을까

가 담갔던 세상에서 가장 맛있는 김치와 시어머니의 강정과 송화 다식에는 꼭 도전을 해볼 참이다.

하지만 안타깝게도 이제는 송화를 함부로 쓸 수가 없다. 소나무가 변화하는 날씨에 적응을 하지 못해 쇠락의 길로 접어들었고, 이로 인해 병충해도 심해졌기 때문이다. 게다가 병충해를 막자고 살충제를 항공기로 살포까지 하는 상황이라 송화는 물론이고 송편을 찔 때 사용했던 솔잎도 이제는 그냥 쓰기가 어렵다.

요즘 인스타그램을 통해 자주 보는 동영상이 있다. 내용은 산골 생활이다. 중국의 어느 산악 지방이라고 하는데 자세한 지역도 나오지 않는다. 전기, 수도가 없는 곳에서 밭을 일구고, 재배한 식재료로 밥을 해 먹는 아주 예쁜 영상물이다. 남편은 마을 우물에서 물을 길어 오고, 밭을 경작하고, 집을 손보고, 부엌 화덕을 고친다. 아내는 땔감을 구하고, 산나물을 캐어 다듬고, 씻어 말리고, 그걸로 장작불 피워 요리를 한다.

물론 알고 보면 여기에도 삶의 힘겨움과 갈등이 없을 리 없다. 하지만 우리가 받고 있는 스트레스와 갈등이 회사, 경쟁, 수입, 명예 등에서 비롯된 것이라면 적어도 우리의 삶과 이들의 삶이 확연히 다를 것이라는 건 분명하다. 매일 나는 잠들기 전, 이 영상을 왜 보고 있을까? 나는 그 안에서 아주 본질적인 평온을 보고 있는 듯했다. 우리의 삶이 잘 먹고, 잘 자고, 잘 늙어가는 일이라면 이들의 삶은 정답에 가깝다. 아직은 할부금도 채 갚지 않은 새 차의 창문에 낀 뿌연 송화를 워셔액으로 닦으며 한 번 더 곰곰 생각해 보게 된다.

'진짜, 나는 지금 잘 살고 있는 중인가?'

커다란 모과나무를 맨 처음 심은 이는 누구였을까

밤꽃이 피었습니다

아카시나무 꽃향기가 잦아들고 이제는 밤꽃 향기가 풍겨 온다. 우리 집 정원에도 밤나무가 한 그루 있다. 창고를 지을 때 사라질 뻔했던 걸 남편이 가지는 좀 자르더라도 나무는 남겨 달라 하여 겨우 살아남았다. 동네 분들 말씀 으로는 우리 집 밤나무에서 딴 밤이 이 동네에서 가장 실하고 맛있어 모두 함께 나눠 먹었다고 한다. 비록 가지의 3분의 1이 잘렸지만 아직도 이 밤나무는 6월 중순에 꽃을 피우고, 10월이면 갓난아이 주먹만 한 초록 밤송이를 맺는다.

밤나무는 가로수로도 더할 나위 없다. 하지만 밤송이 탓에 도시에선 보기 힘든 나무가 됐다. 여러 가닥으로 내려온 줄기에 작은 밤꽃이 줄줄이 매달려 있는 모습은 얼핏 거미줄로 뒤덮인 듯 보이기도 한다. 밤꽃은 향기가 독특한데, 그만큼 호불호가 명확해 싫다는 사람도 많다.

영국 의사 에드워드 베치Edward Bach 1886~1936는 1920년 대부터 38가지 식물이 우리 정서에 미치는 치유 효과를 연구했다. 그중에 밤나무가 포함됐는데, 베치 박사는 밤나무가 '영혼의 어두운 밤'을 치유하는 효능이 있다고 봤다. 모든 노력에도 더 이상은 아무것도 할 수 없는 힘겨움이 찾아올 때, 이 밤나무가 치유의 힘을 준다는 것이다.

나에게도 비슷한 경험이 있다. 고질적으로 찾아오는 불안증이 있다. 뭔가 안 좋은 일이 생길 것 같은 막연한 불안함은 매번 어지러운 꿈자리로도 이어진다. 이럴 때면 잠옷 차림으로라도 성큼 마당으로 나가 정원 일을 시작한다. 그렇게 한두 시간 몰두하다 보면 어느새 불안함이 낮아지는 걸 경험한다. 그게 베치 박사가 말하는 식물 치유 효과인지는 잘 모르겠지만, 그냥 삶이 무겁게 나를 누를 때 식물에라도 기대보면 어떨까 싶다. 어쩌면 피어난 밤꽃이, 그 향기가 길고 어두운 터널 끝의 빛을 보여줄지 모르기 때문이다.

커다란 모과나무를 맨 처음 심은 이는 누구였을까

정원 일은 계절을 앞서가는 일이다

알뿌리 식물은 식물 역사로 보면 후반후에 나타난 진화된 식물로, 뿌리를 부풀려 영양소를 만든다. 이 영양소는 다음 해 싹과 꽃을 피우는 데 쓰이는데, 대표적 알뿌리 식물을 살펴보면 요리용으로는 양파와 마늘이, 관상용으로는 튤립, 수선화, 무스카리, 히야신스 등이 있다. 알뿌리 식물이 이런 진화를 한 이유는 어떤 열악한 상황이 오더라도 기어이 꽃을 피우겠다는 준비 정신 때문이다.

알뿌리는 초가을에 바로 구입해야 한다. 그리고 낙엽이 진 후, 땅이 얼기 전까지 묻어주는데 추위에 얼까 걱정하지 않아도 된다. 특수한 지역의 극강의 겨울 추위만 아니라면 대부분은 우리나라 겨울을 잘 이겨낸다. 오히려 추위 경험이 없으면 날이 따뜻해져도 봄이 왔음을 인지하지 못해 꽃을 피우지 못한다. 만약 사두고 심을 때를 놓쳤다면 반드시 냉장고 안에 넣어서라도 추위 경험을 시켜주고, 다음 해 봄에 심는 것이 좋다.

알뿌리를 심을 때 가장 먼저 해야 할 일은 알뿌리의 선정이다. 내년 봄 화단을 상상하며 꽃의 색상과 크기, 피어나는 시기 등을 조사하고, 여기에 맞춰 조합을 하여 알뿌리를 고르면 된다. 심는 깊이는 알뿌리 크기의 4배 밑이 가장 적절하다. 물론 화분에 심는 것도 가능하다. 깊이가 있는 화분을 선택한다면 알의 크기가 큰 것을 밑으로, 작은 것을 위로 켜켜로 심어준다. 이걸 서양에서는 이탈리아 요리 라자냐처럼 심는다고 해서 '알뿌리 라쟈냐 화분'이라 부른다. 알뿌리를 심은 화분에 꽃배추, 비올라 등의 겨울 꽃을 심어 지속적으로 물을 주는 것도 좋다. 만약 베란다나 창가에 두어 따뜻한 기온이 유지된다면 생각보다 일찍 꽃을 보게도 된다.

정원은 늘 계절을 앞서간다. 심었다고 다 나오지는 않아도 분명한 것은 심어야 봄을 기대할 수 있다.

커다란 모과나무를 맨 처음 심은 이는 누구였을까

겨울 정원에도 꽃은 핀다

"겨울에 꽃을 피우는 식물은 없나요?"

있다! '겨울 정원'이라는 개념은 영국 케임브리지대학 식물원에서 1990년대 말 첫선을 보인 후 정원의 한 형태로 자리매김했다. 상록의 잎을 지닌 침엽수, 가지에 특별한 색을 지닌 나무들(말채나무, 버드나무, 벚나무 일부 종), 그리고 꽃을 피워주는 히스 등의 식물을 이용해 만든다. 우리나라 일부 수목원에도 이 겨울 정원을 만들어 놓은 곳이 있다.

겨울 정원에 심는 대표적인 식물로 히스Heath가 있는데, 겨울에 심지어 꽃을 피운다. 과학적 이름은 에리카 Erica sp.이고, 관목으로 사람 무릎 정도까지 수북하게 자란다. 히스 가운데 가장 원예 종이 웨일스의 원예가 아서 존

식물도 치열한 경쟁
속에 산다. 치열한
경쟁 속에서도
열심히 잘 이겨낼
방법을 찾든지,
아니면 경쟁을 피해
다른 방식을 찾든지.
어떤 결정이든 절대
더 쉽고, 더 보장된
선택은 없다.

슨_{Arthur Johnson 1873-1942}이 만든 Erica × darleyensis 'Arthur Johnson'이다.

이 식물 외에도 최근 겨울 정원에서 큰 인기를 끌고 있는 종으로 헬로보로_{Helleborus sp.}도 있다. 꽃 모양이 장미 모양의 랜턴을 닮았다고 해서 '랜턴 로즈', 겨울에 피어난다고 해서 '크리스마스 로즈'로도 불린다. 습기와 반그늘 상태를 좋아해서 대표적인 '음지 식물'로도 알려져 있다. 그런데 엄밀하게 말하면 겨울이 아니라 늦가을 혹은 아주 이른 봄에 꽃을 피운다.

또 하나의 대표 겨울 꽃 식물을 꼽으라고 한다면 '스노드롭'이다. 키가 채 20센티미터도 안 되는 이 작은 식물도 아주 이른 봄에 꽃을 피운다. 꽃을 피운 후 종종 눈이 내려 눈 속에 피어난 꽃처럼 보일 때가 많다. 아주 하얀색 꽃을 피워내는데 학명은 갈란투스_{Galanthus}다. 여기서 갈라_{Gala}는 '우유'를 뜻하는데 특유의 꽃 색깔 때문에 붙여진 이름이다. 그 외에도 윈터 헤이즐이라는 이름의 하메멜리스_{Hamamelis sp.}라는 나무와, 꽃향기가 매우 강해 만리향으로 알려진 다프네_{Daphne sp.}라는 관목도 겨울에 꽃을 피운다.

이런 식물을 잘 모아 화단을 구성하면 이게 바로 윈터 가든, 겨울 정원이 될 수 있다. 이 특별한 식물군은 봄과 여름이 아닌 겨울에 꽃을 피운다는 위험은 있지만 상대적으로 온갖 꽃들이 경쟁을 하는 시기를 피할 수 있다는 장점을 가진다. 꽃이 없어 곤궁한 시절, 살아남은 곤충과 새, 인간을 포함한 포유류에게 각별한 식물이기 때문이다.

이 식물군이 이토록 힘겨운 시기를 택해 꽃을 피우게 된 것은 환경에 적응한 덕분이다. 어쩔 수 없이 태어난 춥고 습한 열악한 환경에 꺾이지 않고 마침내 적응하여 살다 보니 오히려 큰 이점이 되어 경쟁력이 생긴 셈이다.

겨울 정원은 아직 우리나라에 본격적으로 도입이 되지 않았지만, 전 세계 정원사들에게 정말 많은 사랑을 받고 있다. 그 인기도 점점 커져서 아마 우리나라에도 곧 겨울 정원의 유행이 시작될 것도 같다. 나 역시 생각보다 긴 우리나라의 겨울에 맞는 윈터 가든을 만들어봐야겠다는 생각을 늘 한다. 주어진 환경을 원망하지 않고 마침내 이겨냈으니 그게 식물이든 사람이든 정말 아름답기만 하다.

생과 소멸의 양면성, 식물의 비밀

정원을 가꾸며 살다 보니 이 또한 나를 매어두는 족쇄가 됨을 최근 느꼈다. 물 주고, 잡초를 제거해 주는 것은 물론이고, 내가 장시간 집을 비우면 정원이 어찌 되려나 하는 걱정에 잠시 휴가라도 가려면 늘 신경이 쓰였다. 그런데 이게 좀 싫어지기 시작했다. 내 사주팔자에 역마살이 있는지는 몰라도 내 발목을 잡는 일에 나는 다른 이보다 더 많은 스트레스를 받는다. 그래서 10년 만에 속초 집을 수리하면서 정원도 대폭 수정했다. 결론적으로는 식물 심는 공간을 최소화하고, 나머지 공간에는 블록과 데크로 덮어 식물을 관리하기 한결 수월하게 만들었다.

집을 이렇게 고친 후, 나는 계획을 세웠다. '적어도 일년에 한두 번은 정원을 찾아 전 세계를 여행하자.' 관광이 아닌 한두 달 정도의 장기 머묾을 통해 그들의 정원과 그

109

안에 숨겨진 이야기를 경험하고 싶었다. 그 시작으로 호주가 가장 빨리 찾아왔다. 늦가을에 아름드리 모과나무를 심는 것으로 정원 작업이 완료될 즈음, 나는 모 신문사 주최의 호주 정원 투어에 참석할 예정이었다. 이 여행에 앞서 몇 주 일찍 호주에 가서 머물며 이런 시간을 보내기로 했고, 실행에 옮겼다.

호주의 정원은 내가 머물고 공부했던 영국과는 비슷한 듯 다른 점이 많다. 그중 가장 큰 차이점은 바로 식생이다. 영국은 북반구에 위치해 생각보다 우리나라와 비슷한 식물이 자라고 있지만, 남반구의 호주는 전혀 다른 식물 구성이라 그저 신기할 뿐이었다. 정원 식물을 수없이 공부하고, 심고, 정원을 디자인했지만 남반구의 식물은 난생처음 보는 것투성이였다. 그중에서도 가장 독특하고, 가장 압도적인 식물은 호주의 상징이기도 한 '유칼립투스 Eucalyptus sp.'였다.

그런데 유칼립투스는 하나의 종을 일컫는 말이 아니다. 손바닥만 한 것에서부터 수십 미터에 이르기까지 800종이 넘는다. 엄밀히 말하면 유칼립투스란 그리스어로 잘 '덮인Kalyptos'이라는 의미로, 꽃이 매우 독특하다. 꽃

커다란 모과나무를 맨 처음 심은 이는 누구였을까

잎 없이 수십 개의 수술로 구성되는데 이게 고깔 같은 덮 개로 보호돼 있어 유칼립투스라고 부른다. 이 때문에 매 우 다른 속과 종이 이 그룹에 소속돼 있다.

특이한 것은 이렇게 독특한 꽃을 피우는 유칼립투스 군의 조상이 열대 우림 태생이라는 점이다. 3천만 년 전 쯤 호주에 정착을 한 것으로 생물학자들은 보고 있는데, 이때부터 가물고 바람 많고 척박한 기후에 적응을 하는 과정에서 진화가 일어난 셈이다. 잎은 물의 증발을 막기 위해 크기가 작아지며 두툼해졌고, 껍질은 빛을 반사하 는 흰색으로 변하고, 무엇보다 꽃이 이렇게 특이하게 변 화했다.

그런데 이 유칼립투스는 호주 숲의 수호자이면서 동 시에 파괴자로 불린다. 왜냐하면 호주의 산불 발생 원인 은 인재도 있지만 대부분은 자연 발화인데 그 주범이 바 로 유칼립투스이기 때문이다. 바짝 마른 유칼립투스의 껍 질은 대기의 온도가 섭씨 40도 이상으로 올라가면 바람 결에 비벼대며 불꽃을 만든다. 줄기와 잎 전체가 기름기 로 가득한 유칼립투스는 한번 불을 피우면 번지는 속도 도 굉장하다. 이렇게 일어난 산불은 인간의 힘으로는 진압이 불가능하다. 수십 일이 넘게 숲을 태워 말 그대로 인공위성에서 관측이 가능할 정도라고 한다.

그러나 이 잔인한 파괴 속에도 반전이 있다. 유칼립투스는 본체는 타도 밑동이 살아남아 여기에서 새로운 줄기와 잎이 다시 시작된다. 늙은 몸을 버리고 새로운 몸을 얻는 셈인데 이걸 전문 용어로는 '리그노튜버lignotuber'라고 한다. 어원적으로는 '나무'와 '튜브'라는 단어가 합성된 것으로 밑동에 재활할 수 있는 에너지를 비축하고 있는 식물군을 말한다. 게다가 덩치 큰 유칼립투스가 타면 덕분에 그 밑에서 웅크리고 있던 씨앗들에게 드디어 싹을 틔울 기회도 찾아온다. 산불로 폐허가 된 숲이 몇 년도 안돼 회복되는 이유가 여기에 있다.

우리의 과학은 식물의 세계를 다 알아내지도, 거대한 지구의 생태계가 어떤 원리로, 어떻게 진행되고 있는지 헤아리지도 못하고 있다. 식물을 공부하고 알아가는 일은 이 지구에서 우리 인간이 좀 더 잘 살아가는 방법을 찾는 일과 분명 연관이 있다고 나는 믿는다. 작은 정원이지만, 수많은 식물들 속에서 나는 그 오래된 살아감의 진리를 찾아보려 애를 쓰는 중이다.

커다란 모과나무를 맨 처음 심은 이는 누구였을까

공중에 매달려 사는 식물의 삶

뿌리가 퇴화되어 흙을 필요로 하지 않는 식물군이 있다. 공중에 떠 살아간다는 의미로 영어권에서는 '에어 플랜트 air plant'로도 부른다. 이 식물 중에는 다른 식물에 붙어서 영양분이나 물을 뺏어 가는 기생 식물도 있지만, 해를 끼치지 않고 더부살이를 하는 종도 많다. 그중 요새 많은 사람들에게 인기를 끌고 있는 '틸란시아Tillandsia sp.'라는 식물이 있다.

틸란시아는 뿌리가 퇴화되어 흔적만 남아 있는 신기한 식물이다. 어떤 종은 파인애플의 잎처럼 생기기도 했지만, 어떤 종은 실 가닥처럼 생겨서 다른 식물의 잎과 줄기에 얹혀 살아간다.

이 식물이 실내 식물로 사랑을 받는 이유는 흙이 없

113

어도 되니 아무 데나 둘 수 있고, 결정적으로는 물을 주지 않아서다. 하지만 전혀 물을 필요로 하지 않는 것은 아니다. 보통의 식물이 흙 속에 뿌리를 두어 물을 흡수하지만 틸란시아는 뿌리가 없기 때문에 독특한 방식으로 물을 흡수한다. 잎에 솜털 같은, 일종의 촉수trichomes를 지니고 있는데, 이를 통해 공기 중의 수분과 질소 등의 영양소를 흡수한다.

특히 틸란시아 이노난사Tillandsia inonantha는 잎의 형태가 마치 장미꽃처럼 360도를 돌면서 낱장이 차곡차곡 덧붙어져 있다. 이오난사는 비가 내리면 이 잎 사이 공간에 빗물을 담아둔다. 저장해 두고 필요할 때 쓰기 위해서다. 그런데 이 물은 이오난사 혼자만 쓰는 것이 아니라 작은 곤충과 동물들, 예를 들면 개미, 벌, 나비, 작은 새들에게도 오아시스와 같은 역할을 해준다. 과학적으로는 자생지 지역에서는 에어 플랜트 식물들이 저장하고 있는 물로 인해 주변에 수분이 공급되어 땅의 온도가 낮아지고, 습도가 높아지는 효과가 생길 정도라고 한다.

나는 틸란시아를 집 안에서 많이 키운다. 하지만 관리하기가 쉬워서는 아니다. 어떤 의미로는 관리가 실은 어렵다. 집 안의 공기가 너무 건조해도, 너무 습해도, 빛이 밝지 않아도 틸란시아의 상태는 안 좋아진다. 물도 아예 안 주는 것이 아니라 한 달에 두세 번 정도는 물속에 푹 담갔다가 빼주는, 조금은 다른 방식의 물 주기가 필요하다.

나의 틸란시아 사용 장소는 식탁 위다. 작은 접시나 예쁜 찻잔에 틸란시아를 담아 식탁 위에 장식으로 올려놓는다. 밥을 먹으면 수분도 생기고, 냄새도 피어난다. 틸란시아는 공기 정화에도 뛰어나기 때문에 식탁 위에 올려놓으면 보기도 좋고, 정화 기능도 향상되기 때문이다.

식물과 함께 생활하다 보면 식물의 삶이 제각각 이리 다를 수도 있구나, 그 근본적인 '다름'에 대해서 깨닫게 된다. 모든 식물이 매일 아침의 규칙적인 물 주기를 좋아하지도 않고, 창가로 쏟아지는 볕을 하루 종일 쬐는 것을 좋아하지도 않는다. 각자의 다름을 존중해 줘야 식물들도 제자리에서 잘 자라준다.

장미꽃 속에 담긴 우주

불을 때는 아궁이 딸린 사랑채 옆에 작은 정원이 있다. 거기 세워둔 아치에 8년 전 장미 네 그루를 심었다. 처음 몇 해는 꽃이 제법 잘 피어났는데 점점 세력이 약해져서, 작년 가을 강하게 가지를 잘랐다. 세력이 약해진 식물은 응급 처치로 가지를 강하게 잘라 새순을 받아보는 것도 좋다. 올봄, 혹시 몰라 염려하는 마음으로 지켜봤는데 좀 더 굵고 실한 초록 가지가 뻗더니 작년보다 더 큰 꽃을 피워내니 고마운 마음이 가득이다.

세상에서 가장 사랑받는 식물을 묻는 인기 투표를 하면 어떤 식물이 선정될까? 언젠가 AI Chat 프로그램에 이걸 물은 적이 있다. AI의 대답은 바로 '장미'였다. 밸런타인데이, 웨딩, 각종 행사에 이 장미가 쓰여서 전 세계적으로 가장 인기 높은 식물이라는 분석도 함께 주었다. 사실

커다란 모과나무를 맨 처음 심은 이는 누구였을까

장미는 꽃도 꽃이지만 그 향기 때문에 더욱 인기가 높다. 나도 향수를 좋아하는 편이라 이 향기, 저 향기 맡아보다가도 최종적으로는 장미 향을 선택하는 것만 봐도 장미의 향이 독보적임을 인정할 수밖에 없다.

하지만 정작 우리 집 정원에 심는 식물로 장미가 선호 목록에 들어 있지는 않다. 이유는 장미의 좀 과하게 크고, 지나치게 예쁜 모습이 다른 식물의 아름다움을 축소시키기 때문이다. 그래서 강의 때마다 내가 하는 조언은 "장미를 쓰려면 단독으로 모아서 화려하게 쓰고, 그렇지 않으면 지지대를 세워 키를 높여 하부 식물들 사이에 끼어들지 않도록 수직의 구별을 하라"는 것이다.

물론 나의 정원에도 이 원칙을 벗어나지 않게 아치 옆으로 장미 몇 그루를 심어 키우고 있다. 장미의 개화 시기는 생각보다는 좀 느린 편이다. 봄이 완연해질 무렵인 5월 중순을 지나 드디어 장미의 꽃망울이 생긴다. 사실 나는 이때의 장미가 훨씬 사랑스럽다. 가지 끝에 매달린 작은 봉우리는 촛불처럼 보이기도 하는데, 이 봉긋함이 참 수줍고 예쁘다.

신기한 것은 이 작은 봉오리가 본격적으로 풀어지기 시작하면 말린 꽃이 물에 퍼지는 것과 같은 속도로 엄청난 꽃잎들이 순식간에 벌어지며 거대한 세계가 열린다. 이 신비로움은 마치 우주의 빅뱅을 목격하는 듯하다. 누구의 말인지 기억나지 않지만, 그래서 매년 5월 피어난 장미꽃을 보면 "장미 속 안에 우주가 담겼다"는 말을 실감한다.

요즘 나는 우주의 신비에 관심이 참 많다. 책을 읽다 보니 우주는 시작과 끝이 없어서 우리가 정의하는 크다, 작다, 멀다, 가깝다 등의 기준을 적용할 수 없다고 한다. 이 모든 것의 기준과 잣대가 생겨날 수 있는 건 오직 나의 존재가 거기에 있다는 걸 인정하는 순간이라는 것이다. 나로부터 가까운가, 나보다 작은가, 나보다 더 많은가 등등.

살면서 우리를 괴롭히는 수많은 일이 결국은 나를 어떻게 정의하는가에 의해 얻어지는 값이라면 생각보다 많은 문제를 한 번에 해결할 수 있지 않으려나 싶다.

장미만 예쁠까. 나의 정원에 피어난 모든 꽃은 다 예

쁘다. 나의 정원에 내가 심은 모든 꽃처럼, 이 우주에서의
나의 존재도 그 자체로 아름다울 것이라고 믿는다.

2. 식물에도 MBTI가 있다

3

야단법석, 나의 정원 생활

정원은 내가 키우는
풀, 저절로 들어온
풀이 뒤섞여 편안할
날이 없다. 때론 그
안에서 선택 장애가
생기기도 한다.
그렇게 좌충우돌
힘겨루기를 하다
보면 어느덧 한 해가
지나간다.

왜 내 풀들은 잡초에게 지는 걸까

5월의 정원이 온통 흰빛이다. 보름달이 뜨는 밤에, 그 달빛만큼 하얀 샤스타 데이지와 손수건을 걸어놓은 듯한 산딸나무의 네 장 잎이 별처럼 흰빛으로 정원에 떠 있다. 660제곱미터(200평) 남짓한 나의 정원에 자리한 식물들은 몇 그루의 감나무, 밤나무를 제외하고는 내가 직접 심고, 씨를 뿌려 가꾼 것들이다. 그중에는 작년에 사라진 단풍나무처럼 견디지 못하고 죽어간 나무도 있지만 대부분은 참 성실하게 잘 자라준다.

요리사마다 자신만의 요리 레시피가 따로 있듯이 정원사에게도 정원의 기법이나 선호하는 조합의 식물군이 각기 다르다. 나의 경우는 진한 원색의 색감을 한꺼번에 많이 쓰기보다는 연한 은색, 흰색, 푸른색, 보라, 분홍의 조합에 도드라지는 색감의 주황, 빨강, 진한 자주를 포인

트 색감으로 쓰는 조합을 좋아한다. 또 식물을 돌보는 일도 일단 심어주고 나면 그냥 좀 스스로 살 수 있도록 방치한다. 따라서 물 주기도 매일 하기보다는 마른 날이 지속되면 일주일에 한두 번 정도 듬뿍 주는 것으로 끝낸다. 그래야 식물들 스스로도 물을 찾아내려는 본능을 발휘하기 때문이다.

하지만 시간이 흐른 뒤 보면 화단 안은 내가 키운 식물과 저절로 들어온 잡초가 섞여 자리를 잡고 있을 때가 많다. 잡초는 딱히 과학적으로는 정의도 없는, 내가 키우는 풀과 저절로 굴러온 풀 정도의 차이일 뿐인데, 정원에서는 어쩔 수 없는 불청객이 될 수밖에 없다. 사실 잡초의 가장 큰 불편함은 예쁘지 않다가 아니다. 너무 강인한 생명력이 문제다. 다른 식물들과 조화를 맞춰 적당히 자리를 잡으면 좋으련만 그 세력을 너무나 왕성하게 키워 결국은 전체를 자신의 영역으로 만들고 만다.

이러니 정원사는 눈에 불을 켜고 화단 사이를 헤집어 잡초를 찾아내고, 잡아채고, 빼내려고 노력할 수밖에 없다. 하지만 잡초도 그리 호락호락한 존재가 아니다. 이미 뿌리를 내린 잡초는 뽑아내고 잘라내도 언제든 또다시 잎과 줄기를 올리기 마련이다. 그렇다고 손을 놓으면 어느 순간 화단은 잡초에 점령당해 회복시키기 어려워진다. 그러니 매일의 일상이 잡초와의 씨름일 수밖에 없다. 이럴 때면 불쑥 속에서 천불이 나기도 한다. 아니, 그리 애지중지하는 내 풀들은 왜 굴러들어온 잡초에게 이리도 지고만 살까.

세상 일이 가끔은 이런 듯하다. 정작 이 일을 한 목적이 있는데 그보다는 그 목적을 달성하기 위해 우선은 하기 싫고, 지금 당장은 보기 안 좋은 일을 선행해야 할 때가 많으니 말이다. 잡초를 뽑기 위해 정원을 만든 것은 아니지만 예쁜 정원을 만들려면 어쩔 수 없이 잡초에게 더 많은 시간을 할애할 수밖에 없다.

영국의 정원사 몬티 돈Monty Don은 "정원은 절대 완성되지 않는다. 언제나 진행형일 뿐이다. 그러나 이 정원의 끝없는 진행 속에 변화와 개선을 주도하는 것은 역시 식물 심기이다"라는 말을 했다. 이 문장에서 나는 정원을 인생으로 살짝 바꾸어도 같은 의미일 거라는 생각을 한다.

"삶은 절대 완성되지 않는다. 언제나 진행형일 뿐이고,

3. 야단법석, 나의 정원 생활

그 진행 속에 내 삶의 변화와 개선을 이뤄내고 싶다면 새로운 꿈을 다시 심어야 한다."

하지만 그의 말을 따라 아무리 내 풀은 심고 또 심고, 잡초는 뽑아내고 또 뽑아내도 원점으로 돌아가곤 한다. 그래도 이 정원을 버릴 수가 없다. 죽기 살기로 살아주는 풀들이 잡초든 화초든 어느 시점엔 몽땅 내 정원의 식물이 되기 때문이다.

산딸나무와 직박구리

속초 집, 내 책상 앞엔 지붕에서 바닥까지 이어지는 큰 창이 나 있다. 그 창 앞에 물을 담아두는 돌확을 두었고, 그 옆에 산딸나무도 심었다. 그리고 이 산딸나무 가지 위에 남편이 사과를 꽂아 매달아 둘 수 있는 나무집을 달았다. 여기에 사과를 꽂아주면 쉴 새 없이 새들이 들락거리며 쪼아 먹고, 돌확 속 물도 마시고 간다. 남편은 참새 먹으라고 오래 묵은 쌀을 바닥에 뿌려주기도 한다. 처음에는 서너 마리 오는가 싶더니, 요즘은 서른 마리가 떼로 온다. 아마도 '이 집이 무료 배급소(?)'라고 소문이 났나 보다.

직박구리는 정수리 쪽의 깃털이 바짝 서 있어서 이현세 작가의 만화 〈공포의 외인구단〉 속 주인공 까치의 헤어스타일과 사뭇 비슷하다. 직박구리의 다른 이름이 '산까치'라는 것을 상기하면 아마도 이 새의 모습을 작가가 생각하며 만든 캐릭터가 아닌가 싶다. 그런데 이 직박구리, 산까치는 성격이 만만치 않다. 다른 새들이 혹시 사과를 건드릴까 봐 근처에 오기만 해도 괴성을 질러댄다.

그런데 어느 날 직박구리의 반전이 펼쳐졌다. 이 직박구리가 무척이나 아름다운 소리로 울어대고 있었다. 어머나, 세상에 이게 웬일이지 싶었는데 그 옆에 여자 친구를 데리고 온 게 보였다. 처음에는 암컷인지, 수컷인지도 몰랐는데 데려온 친구를 보니 깃털이 조금 더 얌전하고 몸통도 작아서 늘 오던 녀석이 수컷이고 데려온 친구가 암컷이라고 충분히 짐작이 되었다. 아름다운 소리뿐만 아니라 자기 말고는 아무도 못 먹게 했던 사과까지도 양보하다니! 여자 친구가 다 먹을 때까지 다른 가지에 앉아서 정찰을 해주는 매너까지 보일 줄은 꿈에도 몰랐다. 그 후에도 둘은 한동안 산딸나무를 들락거렸다. 이래저래 남들한테 퍼주기로 유명한 호구인 우리 남편은 이후 데리고 들어온 암컷 직박구리까지 챙기느라 사과를 두 배로 더 매달아야 했다.

창문 안에서 보는, 산딸나무 가지에서 벌어지는 새들의 삶은 마치 〈동물의 왕국〉 다큐멘터리를 보는 듯 신기하다. 생각해 보면 우리나 새들이나 만나고, 사랑하고, 헤어지고 이 모든 순간이 실은 비슷하다는 걸 몰랐다는 게 이상할 정도다.

우리 집 산딸나무는 덩치가 크지도 않다. 고작 반의 반 평도 안 되는 공간을 차지하고 우리 집 정원에서 살아간다. 그 밑에는 물을 늘 담아두는 돌확도 있다. 그런데 이 작은 공간을, 내가 목격한 것만 해도 대여섯 종의 동물들이 공유하는 중이다. 사과를 먹으러 수시로 찾아오는 직박구리와 틈새를 노리는 연두색 깃털의 동박새, 겁이 어찌나 많은지 직박구리가 뜨면 후다닥 도망치기 바쁜 십여 마리의 참새 가족과, 지금까지도 이름을 알아내지 못했지만 물확에서 목욕만 하고 가는 산새와, 매년 물속에서 알을 낳고 새끼를 부화시키는 물두꺼비 암수가 살아간다. 물론 물 먹으러 들렀다 가는 고양이도 있고, 드물게는 족제비를 발견하기도 한다.

내가 만들었다고 다 나의 것은 아니라는 생각이 자꾸 드는 이유이다. 이 많은 생명체가 함께 살고 있는 일종의 공유 오피스를 어떻게 내 것이라고 할 수 있을까. 요즘 '불멍', '풀멍' 등과 같이 멍하니 바라보는 것만으로 좋은

산딸나무 가지
위에 만든
사과걸이.
여기에 사과를
넣어두면
겨울 내내
직박구리와
동박새가
찾아온다.

것들이 유행인데, 남편과 나는 '정원멍'을 하면서 이게 내 것 같지만 내 게 아닌 묘한 상실감과 공유감을 함께 느끼곤 한다.

커다란 모과나무를 맨 처음 심은 이는 누구였을까

겨울, 눈과의 전쟁

속초는 겨울에 눈이 많이 내린다. 해양성 기후 지역이라 겨울에 우기가 있기 때문이다. 지금은 환경 탓인지 옛날만큼 적설량이 많지는 않다. 1970년대만 해도 한 번 내리면 사람 가슴을 항상 넘겨서 길을 내면 눈 속에 사람 머리만 보였다고 한다. 또 창문까지 눈이 차올라 해가 안 뜬 줄 알았다는 이야기는 우리 동네 어르신들 사이의 전설 담이기도 하다. 내가 경험한 속초의 겨울 눈도 10년 살면서 서너 번 있다.

집수리를 하던 2014년 1월의 눈은 허리까지 차오를 정도였다. 눈 무게를 못 견디고 지붕이 무너지고 전선이 끊기는 일도 3~4년에 한 번씩은 벌어진다. 유난히 눈 입자가 크고, 새털처럼 가벼운데 차곡차곡 쌓여 얼어버리면 엄청난 무게의 눈얼음이 된다.

속초처럼 눈이 많이 내리기로 유명한 곳이 일본 홋카이도(북해도)다. 여기는 2미터 가까이 눈이 내린다고 하니 낭만하고는 거리가 멀다. 그런데 이곳에는 대규모 라벤더 농장이 있어서 해마다 7월이면 축제가 열린다. 식물을 좀 키워본 사람이라면 고개를 갸웃할 일이다. 우리나라 추위도 견디지 못하는 지중해 자생지의 라벤더가 홋카이도에서 살 수 있다는 게 납득이 안 되기 때문이다. 여기에 숨겨진 비밀은 바로 눈이다. 겨우내 눈이 대지를 덮어주면서 자연스럽게 이불 효과가 생긴다. 이 '눈 이불'이 찬 바람을 막아 오히려 식물의 뿌리가 얼지 않도록 해준다. 알래스카의 에스키모 원주민들이 눈을 뭉쳐 만드는 눈벽돌집, 이글루가 추위를 막아주는(방한) 역할을 하는 것과 마찬가지 원리인 셈이다.

나에게도 눈이 얼마나 큰 방한 기능을 갖는지 알게 해준 경험이 있다. 의뢰 받은 집의 정원 시공을 미처 끝내지 못한 사이에 눈이 와버려 어쩔 수 없이 마무리는 다음 날 하기로 했다. 미리 눈을 좀 치워두면 좋을 것 같아서 작업을 해두었는데, 다음 날 깜짝 놀랄 일이 일어났다. 눈을 치운 쪽은 완전히 땅이 얼어서 깰 수가 없을 정도였고, 눈을 그대로 둔 곳은 눈을 치우고 삽을 넣어보니 아직은 물

렁하게 흙이 파졌다. 눈이 이불처럼 방한 역할을 한다는 걸 직접 목격한 것이다.

물론 폭설로 다 큰 나무가 부러지는 일도 일어나고, 눈사태를 일으켜 일대 식생대를 소멸시키는 일도 있지만, 평상적인 겨울 눈이 식물에게 미치는 효과는 생각보다 많다. 땅을 덮어 겨울철 추위에도 온도를 완화시켜 주고, 녹으면서는 흙에 물을 공급하는 역할을 한다. 또 잘 알고 있듯이 눈에는 공기 중 영양분이 녹아 들어 있어 녹으면서 흙과 식물에게 영양분을 공급하는 역할도 한다. 더불어 잘 안 알려진 것이지만 척박한 환경에서 잘 자라는 잡초를 완화시키는 역할도 한다. 한겨울에도 따스한 햇볕만 비추면 제일 먼저 싹을 틔우는 게 잡초인데, 눈 속에서는 이 잡초가 활동을 못 하기 때문이다.

정원 생활 중에 점점 내 삶이 게으름으로 귀결되는 걸 종종 느낀다. 눈이 내리면 치워야 한다고 남편은 성화를 내지만, 나는 '녹겠지 뭐, 그냥 두자'고 자꾸 말린다. 남편은 입으로 일하는 사람 따로 있고, 몸 움직여 일하는 사람 따로 있다고 나를 타박하며 꾸역꾸역 다 치워낸다. 물론 눈을 그때그때 치우면 차를 대기도 좋고, 걷기에도 좋다.

커다란 모과나무를 맨 처음 심은 이는 누구였을까

하지만 그가 치우지 않아도 나는 괜찮다. 어차피 이 눈이 언제까지 이러고 있겠나, 자신이 있기 때문이다. 적어도 정원에서는 무엇을 해도 좋고, 하지 않아도 괜찮다는 것을 나는 잘 안다.

고달픈 정원 생활이지만 그래도 좋아서

며칠의 일과는 온통 정리다. 집수리를 위해 집 안의 묵은 짐을 빼는 일을 하고 있는 중이다. 짐이라는 말이 '짊어지다'에서 나온 듯한데, 그 의미를 알 것도 같다. 살 때는 분명 필요했고, 잘 쓸 것 같았지만 어느새 필요 없어 방치한 물건이 한두 개가 아니다. 이 많은 짐을 이고 지고 업고 살아가니 꿈자리가 어수선하고, 어깨가 그리도 무거웠던 게 아니었는지.

'그래, 이참에 다 버리자' 했지만, 버리는 게 익숙하지 않은 사람에겐 참으로 어려운 일이다. 이건 놔두면 나중에 쓸 것 같고, 저건 누군가의 기억이 선명하고, 요건 버리기가 아깝고……. 수많은 이유가 발목을 잡는다. 어쩌면 물건에도 마음이 있어서 버려지지 않으려고 내 마음을 비집고 들어가는지도 모른다.

커다란 모과나무를 맨 처음 심은 이는 누구였을까

내가 세상에서 제일 힘들어하는 일 중에 하나가 '명상'이다. 몇 번인가 해보려고 선생님도 찾아가고, 노력도 했지만 쉽지가 않았다. 선생님들에 따르면, 명상은 보글거리며 끓어오르는 물의 온도를 낮추듯 생각을 가라앉히는 것이라지만, 이론적으로는 알겠는데 그게 시키는 대로 제대로 될 리가 없다. 그런데 얼마 전 신기한 경험을 했다. 새벽이지만 이미 온도가 후끈하게 올라간 정원에서 땀을 뻘뻘 흘리며, 달려드는 모기에 뜯기면서도 따가운 줄 모르고 두어 시간 잡초를 뽑았다. 그러고 나서 온몸이 축 처져 툇마루 그늘에 걸터앉아 시원한 얼음물 한 컵을 마시다 문득 하늘을 보니 여름 하늘이 그대로 청명했다. 그러다 얼굴과 몸은 벌겋게 열을 뿜어대는데 마음과 정신이 묘하게 고요히 가라앉아 있는 느낌이 들면서 이게 어쩌면 명상이겠구나 싶었다. 그러고 보니 친정엄마는 마음이 심란한 날에는 유난히 청소를 열심히 하셨다. 묵은 살림살이를 꺼내 닦고, 정리하고, 버리고. 지금 생각해 보면 나의 어머니도 청소를 하며 명상을 하셨던 듯도 싶다.

묵은 살림을 정리하다 보니, 심지어 10년 전에 이삿짐을 풀면서 넣어두고 지금까지 한 번도 꺼내보지 않은 것도 있었다. 먼지야말로 가볍고도 가벼운 물질이지만, 묵

은 먼지는 가볍지도 않다. 그곳에서 눌려 있던 시간만큼 찐득하게 붙어서 부는 힘만으로는 털어지지도 않는다. 끈적거리는 먼지를 긁어내며 맘속에서 울림이 생긴다. 누구를 원망하랴 싶다. 사실 매일 이 짓을 해야 하나 싶은 일들이 있다. 청소, 빨래, 설거지, 정리 정돈. 중요할 것 없어 보이는 일이 매일 눈을 뜨면 해야 할 리스트에 늘 자리를 잡는다. 안 해도 그만일 듯하지만, 하루라도 이 일을 하지 않으면 삶은 어느새 엉망이 돼버린다.

요즘 나는 가드닝이라는 표현보다는 '정원 생활'이라는 말을 더 자주 쓴다. 매일 잡초를 뽑고, 늘어지고 시든 식물을 제거하고, 새롭게 또 식물을 심는 이 끝없는 정원 일이 살림살이와 다를 바 없기 때문이다.

"가드닝을 잘할 수 있는 노하우가 뭔가요?"라는 질문을 받을 때마다 속으로 이런 대답도 한다. '그런 거 없습니다. 저 역시 아무리 배워도 매번 풀한테 이겨본 적이 없는데요.' 그런데 다시 정신을 차리고는 "때론 지지고 볶고, 때론 구질구질하게, 때론 맘먹고 깨끗하게 그냥 정원 생활을 하시면 됩니다"라고 대답한다. 필요한 건 특별한 노하우가 아니라 마음가짐이다. 어쩌다 들여다보는 정원

커다란 모과나무를 맨 처음 심은 이는 누구였을까

이 아니라 매일의 일상 속에 정원이 자리하면 그게 가장
좋다.

백봉 오골계와 고양이가 사는 곳

사는 집과 좀 떨어진 곳에 강의를 할 수 있는 장소가 있다. 집에서 멀지는 않지만 환경은 사뭇 다르다. 설악산 IC 에서 속초 시내로 가는 방향이라 4차선 도로가 온종일 소음으로 가득하다. 여기에 작은 강의실을 짓고 소음을 줄이기 위해 자작나무와 측백나무로 건물을 감쌌다. 안쪽에는 몇 제곱미터 안 되지만 앞산을 바라보는 정원도 만들었다.

작년 봄, 양양 오일장에 갔다가 흰 털이 예쁜 백봉 오골계에 꽂혀서 병아리를 샀다. 남편이 누굴 고생시키려고 닭을 사냐고 반대가 심했다. 왜냐하면 나는 사자고 말만 하고 결국 자기가 닭을 키울 것 같다고 반대했다. 이건 일종의 선견지명이었다. 너무 예쁘다는 이유로 내가 우겨서 사 온 병아리들은 결국 남편에게 떠넘겨졌다. 남편은 나

커다란 모과나무를 맨 처음 심은 이는 누구였을까

깃털은 완전히
흰색이지만 뼈와
살이 온통 까만 백봉
오골계. 몸집도 일반
닭보다는 약간 작지만
알도 크기가 작다.

흘을 고생해 닭집을 만들었고, 이후 사료를 챙겨 주는 일
로 하루 일과를 시작하게 되었다.

수탉인지, 암탉인지도 모른 채 사 온 손바닥 크기의
병아리들이 중닭이 되자, 드디어 육안으로도 암수 판별이
가능해졌는데 불행이 닥쳤다. 다섯 마리 중 수탉이 자그
마치 세 마리. 닭을 키워본 선배님들의 말씀으로는 암탉
열 마리에 수탉 한 마리 정도가 적당하고, 그렇지 않으면
암탉이 너무 힘들어 알을 못 낳는다는 것이다. 결국 특단
의 조치를 내렸다. 내가 유정란은 너무 생명체를 먹는 것
같아 미안하니 수컷을 몽땅 없애자고 파격 제안을 했다.
결국 수탉은 모두 춘천 산골에서 귀농 생활을 하는 가족
에게 보냈다. 그 수탉들은 당연히 키우는 용도는 아니었
을 테지만, 우린 그대로 눈감기로 했다.

그런데 문제는 수탉도 없는데 얼마 지나지 않아 다 큰
암탉이 포란을 한다고 달걀을 끌어안고 밥도 안 먹고 시
위를 하는 것이었다. 결국 지은 죄도 있고, 마음이 아파서
내가 백봉 오골계의 유정란을 구입하여 포란을 하라고
암탉 품에 넣어줬다. 그런데 어머나 세상에! 보름 후 무
려 새끼 다섯 마리가 부화한 것이다. 그리고 나머지 유정

커다란 모과나무를 맨 처음 심은 이는 누구였을까

란 중 자연 부화한 두 마리가 수탉이어서 지금은 암탉 일곱 마리에 수탉 두 마리가 한 울타리에 살고 있다. 암탉이 낳아준 달걀로 우린 아침 식사를 하곤 한다. 거창하게 '팜투 테이블'까지는 아니지만 이 달걀 맛은 시중에서 구입하는 달걀과는 정말 다르다.

이곳엔 닭과 함께 고양이도 산다. 강의실 옆에 남편의 목공방이 있는데, 나무를 쌓아놓은 틈에 새끼 고양이가 찾아들었다. 어미가 있는데 버린 것인지, 아니면 죽어서 고아가 된 것인지 알 수 없지만 이 새끼 고양이를 차마 외면할 수 없어 남편이 사료를 사 먹이기 시작했다. 우리는 집 안으로 고양이가 들어오게 하지는 않는다. 철저하게 바깥 생활을 하게 하고, 인위적으로 가두거나 묶는 등의 그 어떤 조치도 취하지 않는다. 다만 우리 곁에 와서 배가 고프다고 하면 밥을 줄 뿐이다.

이 고양이는 처음부터 남편이 발견했고, 이후 계속 남편이 밥을 줘서인지 남편을 부모라고 여기는 듯하다. 남편의 자동차 소리만 들어도 어딘가에 있다가 쪼르르 달려오고, 배를 뒤집고 애교도 부린다. 고양이 키우는 분들의 이야기를 들어보면, 고양이가 이런 애교를 부리는

다섯 마리가 함께
발견되었지만 이
한 마리가 남았다.
'너는 어떤 인연으로
우리와 함께하는
것일까' 종종
인연이라는 단어를
생각하게 한다.

건 결코 흔한 일이 아니란다. 우린 그저 밥 주는 고마움에 대한 고양이의 보은 정도로 생각한다.

신기한 일은 또 있다. 고양이는 크면 닭을 잡는 게 본능이라고 하는데, 이 고양이는 닭과 함께 길러서인지 닭에게 관심을 두지 않을뿐더러 닭장 주변에서 쪼그려 앉아 꾸벅꾸벅 졸 때도 있다. 내 생각으로는 아마도 밥을 제때에 충분히 주니까 굳이 닭 잡는 본능이 안 생기는 게 아닐까 싶기도 하다.

나는 '반려'라는 말은 그 무게감이 너무 크고, '애완'이라는 말은 약간의 가벼움 때문에 두 표현 모두 잘 안 쓴다. 그래서 남편이나 나나 키우는 식물, 동물을 반려나 애완의 존재이기보다는 더불어 살아주는 생명체라고만 생각한다. 생명체이기에 우리와 똑같이 생로병사도 있고, 애환도 있고, 그래서 그걸 지켜보는 우리의 마음도 좋았다, 슬펐다 들썩인다. 어쨌든 분명한 것은 이 생명체들이 우리에게 어떤 의미로든 위로가 된다는 것이다. 그게 이 지구에서 살아가는 모든 생명체의 숙명인 듯도 하다.

요란한 비바람 속 나의 정원은

한동안 클래식 프로그램의 방송 작가로 일을 했다. 그때 클래식의 세계를 공부도 했고, 그러다 보니 점점 그 음악의 아름다움에 빠져들기도 했다. 내가 좋아하는 장르는 단독 악기 버전보다는 모든 악기가 조화를 맞추는 오케스트라 연주곡이다. 그중 익히 잘 알려진 곡이지만 끝까지 들어본 사람은 많지 않은 곡이 있다. 바로 비발디의 〈사계〉다.

〈사계〉는 원래 비발디가 붙인 제목이 아니다. 1720년 비발디는 12개의 바이올린 콘체르토를 작곡했고 그 안의 네 곡이 유난히 인기를 끌었는데, 평론가들에 의해서 마치 네 곡이 봄, 여름, 가을, 겨울을 연상시킨다는 평을 받았다. 그게 오늘날 〈사계〉라는 이름의 바이올린 콘체르토가 되었으니 비발디는 자신의 곡이 이렇게 불리고 있다

커다란 모과나무를 맨 처음 심은 이는 누구였을까

는 걸 모를 것이다. 그중 나는 덜 인기가 있는 '여름'을 최근에 부쩍 많이 듣는다. 10분가량의 곡은 '봄', '가을', '겨울'에 비해서 다소 지루하고, 느슨한 구간을 통과해야 드디어 절정에 치닫는다. 어느 곡보다 변화가 드라마틱한데, 이게 정말 여름 날씨를 똑 닮았다.

7월의 여름, 속초 앞 바다는 사흘 내내 짙은 안개가 피어올라 설악산까지 휘감았다. 설악산까지 해무로 잠기면 말로는 형용하기 힘든 무드가 생긴다. 우뚝 솟은 빌딩도, 논과 밭도 마치 구름 속에서 시간이 멈춘 듯 느려진다. 그러다 해무가 걷히니 구름 한 점이 없는 하늘에서 눈이 부신 푸른색이 쏟아졌다. 맑은 하늘을 받아낸 바다엔 잔물결이 수천, 수만 개의 윤슬을 만들어냈다. 쏟아진 햇살은 바다와 땅의 온도를 급격히 올려, 새벽에 섭씨 18도에서 시작된 기온이 섭씨 30도까지 무섭게 치솟았다.

바다가 뜨거워지니 밤에도 뜨거운 바람이 불었다. 다음 날 아침부터 어둑어둑 동해 바다엔 먹구름이 몰려왔다. 널어놓은 빨래가 걱정되어 집으로 재촉하는 내 발걸음보다 더 빠르게 빗방울이 떨어졌다. 우리 집 양철 지붕에 떨어지는 요란한 빗소리와 번쩍이는 번개의 섬광, 하늘을 쪼개는 천둥소리가 세상을 삼켰다. 그러다 쏟을 만큼 쏟아낸 먹구름은 격정의 연주를 끝낸 듯 뚝 끊어져 사라지고, 하늘엔 참 멀쩡한 햇살이 다시 등장했다.

이 모든 날씨의 변화가 한여름, 고작 사흘간에 벌어진 일이다. 비발디가 여름을 생각하고 작곡을 했는지 아닌지는 모르지만 정말 이 여름을 꼭 닮은 곡임에는 틀림없다.

어느 계절도 쉽고 다정하지 않다. 그중에서도 여름은 모든 식물이 걷잡을 수 없이 나의 통제를 벗어나는 힘겨움의 시절이 아닐 수 없다. 하지만 내가 원하는 식물이든, 저절로 자리를 잡은 식물이든 가리지 않고 최고의 성장을 이루는 계절 또한 여름이다. 비발디의 '여름'처럼 때론 참을 수 없게 사람을 늘어지게 하고, 그러다 폭풍우처럼 휘몰아치고, 통제를 벗어난 식물들은 하루에도 몇 센티미터의 키를 키워 나를 무섭게도 하지만, 여름의 매력도 많다.

어느 계절이 여름만큼 활기찰 수 있을까. 이때만큼은 시장을 가지 않아도 텃밭에서 키운 작물들로 배를 불릴 수 있다. 정원도 맘먹기에 따라선 손을 댈 필요가 없어진다. 그들의 생태계에 맡겨두면 식물들의 질서로 자라주고, 너무 힘에 부쳐오면 가을이 찾아와 소멸을 시작하니

큰 걱정도 할 일이 아니다. 그저 이 계절의 즐거움을 최대
한 즐기려는 마음이면 충분하지 않을까?!

가을꽃, 들국화가 피어날 때

늦가을에 접어들면 정원은 오래된 맛이 든다. 초록으로 가득했던 수목의 잎이 붉고 노랗게 물들고, 화단에서는 가장 오랜 시간을 머물렀던 가을꽃, 바로 국화가 핀다. 유난히 맑고 쾌청한 가을을 가진 우리나라는 가을꽃이 특화된 나라다. 그래서 다른 어떤 나라보다 국화의 종류도 다양하고 잘 자란다.

그럼에도 불구하고 우리나라에서 정원에 흰 국화를 심는 일은 흔치 않다. 아마도 흰 국화가 죽은 이를 기리는 장례의 꽃으로 사용되기 때문일 것이다. 사실 흰 국화를 장례식에 쓰는 나라는 우리만이 아니다. 가까운 일본은 우리와 문화적 계보가 비슷해서라고 쳐도, 대륙이 다른 미국이나 영국에서도 흰 국화를 장례에 쓴다.

커다란 모과나무를 맨 처음 심은 이는 누구였을까

풍성한 가을을
보려면 여름에
열심히 살아야 한다.
과거의 내가 열심히
살지 않았다면
풍성한 미래는 결코
오지 않는다.

어릴 적에 우산을
만들어 놀았던 억새,
껌을 대신했던 꽈리,
돌담 밑에 피어났던
해바라기를 닮은 과꽃.
정원에 유행이 있는
것은 아니어도 누군가를
떠올리는 추억으로의
여행은 가능하다.

이유는 국화라는 식물의 종류보다는 '흰색'에 있다. 물론 지구에 피어나는 꽃 중에 흰색이 제일 많은데도 왜 국화를 사용했을까 싶은데, 사계절 내내 구할 수 있는 꽃으로 국화가 제일 용이하기 때문이다. 국화는 장미와 더불어 인류가 문명의 시작과 함께 가장 먼저 재배한 식물이다. 생명력이 강해 재배가 잘되는 데다, 꽃의 크기와 향기가 장미에 결코 뒤지지 않는다. 그러니 전 세계가 이 꽃을 장례식에 쓰는 공통점도 생긴 것이다.

하지만 가을꽃 국화가 흰색만 있는 것은 아니다. 우리나라의 대표적 가을꽃에는 두 종류의 국화군이 있다. 바로 '아스타Aster'와 '국화chrysanthemum' 계열이다. 이 두 계열의 꽃 모두 우리나라를 자생지로 두고 있기 때문에 특별히 관리하지 않아도 잘 자라주고, 추위와 더위를 이기며 화단을 지켜준다.

생물학적으로 아스타는 보라색, 흰색으로 색상이 한정돼 있고, 마치 꽃이 별처럼 피어나 학명 자체에도 별, 'Astar'가 들어 있어 구별이 비교적 쉽다. 다만 이 이름이 생소하다면 아스타 계열의 식물인 '쑥부쟁이'와 '벌개미취'를 기억해도 좋겠다. 논두렁, 밭두렁에서 바람에 나부

3. 야단법석, 나의 정원 생활

끼며 자라기에 '들국화'라고 부르기도 하는데, 이젠 정원용으로 새롭게 재배되어 공작아스타, 청화쑥부쟁이 등으로 식물 시장에서 쉽게 만날 수 있다. 우리가 국화라고 부르는 계열에는 '감국', '산국', '산구절초' 등이 있다. 아스타와는 분류가 좀 다르지만 우리 땅에 피어나는 가을 들국화로 통칭하기도 한다.

몇 년 전 강의실을 지은 후, 나는 그 옆에 화단을 만들고 흰색 작은 꽃을 피우는 소국을 잔뜩 심었다. 일부러는 아니고, 그때가 늦가을이었던 터라 소국 외에는 달리 선택의 여지가 없었다. 그때 심은 소국은 지금도 잘 생존하여 가을이면 흰 꽃이 만발한다. 처음에는 잎이 올라와도 너무 장시간을 머물러주니 심드렁하고, 꽃이 핀다 해도 흰색이어서 크게 눈에 띄지 않아 별 감흥이 없었다. 하지만 시간이 흘러 수년째 같은 자리에 늘 찾아와 주는 이 소박한 가을 국화가 고마워지기 시작했다.

내 생일은 10월 9일이다. 그래서인지 몰라도 나는 유난히 가을을 좋아한다. 어쩌면 뇌는 기억하지 못해도 내가 세상에 나오던 그 계절의 첫인상을 내 몸이 기억하기 때문인지도 모른다. 이즈음이면 내가 심은 흰 국화꽃을

커다란 모과나무를 맨 처음 심은 이는 누구였을까

한 움큼 잘라 꽃병에 꽂아두고, 내 생일보다는 나를 첫애로 낳기 위해 온몸의 진통을 겪었을 엄마를 기리곤 한다.

이런저런 이유 다 떼어내도, 난 우리나라의 눈부신 가을을 참 좋아한다. 그래서 이 계절에는 가급적 다른 나라로 여행도 잘 가지 않는다. 들국화가 피어 좋고, 눈부신 파란 하늘이 있어 좋고, 나의 엄마가 이 좋은 날에 나를 낳아주어서 참 좋다.

목단이 필 무렵

지난주 속초엔 거친 바람이 불었고, 그 바람에 버스 정류
장 표지판이 엎어지고, 전선이 끊기고, 어설프게 매달아
둔 우리 집 창고문도 달아나고……. 그 시각 강릉에선 불
이 나 마을 전체를 태우기도 했다. 다행히 천둥, 번개를
동반한 강한 소나기가 내려 겨우 진압될 때까지 얼마나
가슴을 쓸어내렸는지 모른다.

　다음 날 바람이 잔잔해져 밖에 나가보니, 우리 집 정
원에서는 수선화의 피해가 가장 심했다. 이제 막 꽃망울
을 터트리려던 봉오리가 꺾이면서 말라버린 게 보였다.
이렇게 되면 올해는 더 이상 꽃을 피우기 어렵다. 식물에
겐 꽃을 피우는 일만큼 중요한 일이 없다. 자손을 만드는
일이라 모든 에너지를 모아 일 년에 한 번 꽃을 피우는데
이 일을 어쩌나. 꽃을 못 본 내 아쉬움보다 올해를 이렇게

커다란 모과나무를 맨 처음 심은 이는 누구였을까

헛으로 보낼 식물에게 맘이 더 쓰였다.

그런데 오늘 새벽, 일어나 내 방 창의 커튼을 걷으니 뒷마당 돌담 밑에서 자라는 목단에 커다란 진분홍 꽃이 피어난 게 보였다. 맨 처음 집을 수리하면서 원래 있던 밤나무 한 그루, 감나무 네 그루와 함께 목단 두 그루를 남겨두었다. 오래도록 자리를 잡고 살아온 식물들에 대한 배려이기도 했고, 어쩌면 진정한 이 집의 주인이 이 식물들이 아닐까 하는 마음도 들어서다. 그 모진 바람에도 꺾이지 않고 꽃을 피운 목단이 더없이 반가워 얼른 뛰어나가 사진부터 찍어두었다. 생각해 보면 당연한 게 당연한 게 아니고, 잊지 않고 찾아와 주는 게 참 고마운 일임을 새록새록 느낀다.

목단과 작약은 꽃으로는 구별이 어렵다. 겨울에도 딱딱한 목대를 지니고 있다면 목단 혹은 모란이고, 부드러운 줄기가 사라졌다가 다시 싹을 틔우면 작약이다. 그런데 이런 구별이 과학적으로는 그리 큰 문제는 아니다. 왜냐하면 과학적인 분류법으로는 목단과 작약이 모두 피오니Peony라는 속의 식물이기 때문이다. 그래서 서양에서는 단순하게 나무 피오니냐, 풀 피오니냐 정도로만 구별한다.

어쨌든 목단과 작약은 장미와도 접목해 신품종을 만들 정도로 장미꽃과 상당히 비슷하고 오히려 그 크기가 압도적이어서 장미와 겨루어도 손색이 없다. 사실 우리나라에서도 역사적으로 목단과 작약은 민화 속에 늘 등장했고, 병풍 속에서도 중요한 자리를 차지하고 있다. 명절에 가족끼리 치는 화투에도 이 모란(작약)은 등장한다. 풍요를 상징하며 계절적으로는 6월이다.

목단과 작약이 사랑을 받는 이유는 꽃이 주는 풍성함이다. 먹을 수 있는 식물을 선호했던 우리 민족에게도 목단과 작약은 꽃의 압도적인 크기와 화려함으로 사랑을 받았다. 하지만 여름 지나면서 곰팡이가 하얗게 퍼지는 병충해를 입기도 한다. 이걸 좀 피하려면 꽃이 지면 바로 가지를 3분의 1 정도 잘라주는 것도 좋다. 그러면 밑에서 다시 새잎이 나와 조금 더 건강한 잎을 볼 수 있다.

커다란 모과나무를 맨 처음 심은 이는 누구였을까

식물, 돈 주고 삽시다

얼마 전 한 상업 공간에 식물을 심으러 갔다. 한참 튤립 알뿌리를 심고 있는데 누군가 지나가다 한마디 한다. "그 거 몇 알만 주면 안 되나요?" 당연히 안 된다고 했는데 그 분이 심정이 상했는지 "나중에 내가 캐 가면 되지 뭐!" 쏘 아붙이고 가버렸다. 그냥 쏘아붙인 말이 아니라 진짜로 그렇게 캐 가는 사람들이 많다는 걸 알기에 가슴이 내려 앉았다.

이뿐만 아니다. 카페를 하는 한 사장님은 바깥 화단 에 예쁜 꽃을 심어놓으면 마을의 어떤 분이 자신이 뻔히 보는데도 전부 캐 가서 몇 번 실랑이를 하다 아예 심기를 포기했다고도 한다. 식물원에서도 같은 애환이 터져 나온 다. 식물원마다 귀하게 보존하는 식물들이 있다. 그런 식 물들에는 각별히 이름표를 붙이고 설명도 써놓는다. 그런데 이런 식물이 분실되는 일이 종종 발생한다. 말이 분실이고 실은 배낭에 도구까지 다 챙겨 와 아예 맘먹고 캐 간다고 한다. 식물원 직원 회의가 열릴 때마다 모든 화단에 울타리를 칠 수도 없고 이걸 어떻게 예방하면 좋을까, 그게 큰 주제가 되기도 한다.

남의 식물을 캐 가는 행위, 화분을 가져가는 행위는 엄연한 절도다. 분명히 처벌도 받는다. 그런데도 이런 일이 유난히 우리나라에서 빈번하다. 그 이유를 나름 생각해 보면, 산과 들에서 캐다 심고, 우리 집 정원에 번진 식물들을 옆집에 자연스럽게 나눠주던 풍습에 있는 게 아닐까 싶다.

영국에 본격적으로 식물 애호 문화가 생긴 건 '식물 헌터'의 활동 때문이었다. 다른 나라를 정복할 때 반드시 배에 동행을 시켰던 사람들이 식물 헌터였다. 제국주의의 불편한 진실이지만, 정찰을 보조하면서 난생처음 보는 낯선 식물들을 수집하여 본국으로 보내는 것이 그들의 임무였다. 이렇게 도착한 식물들은 영국인들에게 새로운 나라를 점령했다는 희소식이었다. 그러니 그 희귀한 낯선 식물을 수집하는 일에도 돈을 아끼지 않았다. 식물을 수

커다란 모과나무를 맨 처음 심은 이는 누구였을까

집하고, 새롭게 얻은 식물을 재배해 새 품종을 만들어내며 기뻐하는, 식물 애호 문화는 이렇게 시작이 된 셈이다.

상대적으로 농사가 근간이었던 우리나라는 정복의 역사가 거의 없다. 그러니 원래 있던 자생 식물 이외에 새로운 식물이 들어오는 경우가 드물었고, 설령 들어왔다 해도 우리나라의 강력한 사계를 견디기도 버거웠다. 그러니 영국처럼 신품종에 열광하기보다는 스스로 살아주는 식물을 더 존중하는 문화가 생겨날 수밖에 없었다. 우리나라에는 왜 서양과 같은 원예 문화가 발달하지 않았을까에 대해 수년간 생각해 내린 답이다.

하지만 이제는 우리의 삶도 많이 변했다. 산과 들에서 자생하는 우리의 귀중한 식물을 마구 캐 와서도 안 된다. 더불어 자생 식물을 보고 즐기며, 앞산 뒷산의 아름다움을 내 집 정원에서 감상하는 '차경'(경치를 빌린다는 의미의 정원 용어. 우리나라의 정원 문화를 차경 문화라고 정의하기도 한다)이라는 특유의 정원 문화도 아파트가 즐비한 도시 환경에서는 이룰 수 없는 꿈이 되었다. 그래서 지금은 우리도 작지만 베란다에서, 집 안에서, 길거리의 화분에서라도 식물을 가까이하는 새로운 정원 문화 시대를 열어 나가야 한다.

　그러려면 이제는 돈을 주고 식물을 사주는 문화가 필요하다. 세계 식물 소비량 지수라는 것이 있다. 여기에 우리나라는 아예 집계가 안 나올 정도로 식물 시장의 규모가 열악하다. 사고 싶어도 그걸 어디 가야 살 수 있는지를 모르는 지금 우리에게 꼭 필요한 것은 식물 시장이다. 이식물 시장이 열리려면 식물을 돈 주고 사주는 문화에 익숙해져야 한다.

나를 미치게 하는 풀들

솔직히 감당이 안 된다. 그들이 이겼고, 나는 무릎을 꿇고 두 손을 든다. 늘 3,300제곱미터(1천 평) 규모의 땅이 있다면 여기에 예쁜 농장을 만들고, 완전한 자급자족은 아니어도 푸성귀 정도는 스스로 해결하고, 닭도 좀 키워 매일 따뜻한 달걀을 아침 식사에 올려놓았으면 하고 바랐다. 하지만 그 땅은 그리 쉽게 우리에게 오지 않았고, 늘 남의 땅만 바라보며 아쉬움만 커져갔다. 그러다 드디어 2020년에 강원도 양양의 구석진 곳에 3,300제곱미터 가까운 땅을 사게 되었다. 꿈에 그리던 일이 현실이 되고 보니 어떻게 농장을 개발할까, 매일 밤 가득 꼬여드는 생각으로 행복한 번잡스러움을 겪었다.

하지만 땅을 구입한 지 일 년이 지났을 즈음, 사람 키를 넘기며 자란 풀들을 바라보며 한숨을 넘어 웃음이 나

왔다. 풀을 정말 만만하게 봤다. 강의 때마다 비닐 멀칭
(검은 비닐로 흙을 덮어주는 행위)의 폐단을 강조하며 친
환경 농업을 해야 한다고 주장했던 나인데, 역시 실전과
이론은 참으로 달랐다. 물론 변명의 여지는 있다. 그곳에
서 생활하며 매일 들여다볼 수 있고, 가꿀 수 있는 상황이
었다면 친환경 농장 구성이 안 될 리가 없다. 하지만 아직
은 일주일에 한 번 정도 겨우 들여다보는 상황에서 맨땅
을 드러낸 채 두었다는 것 자체가 풀들에게 어서 오라고
길을 터준 셈이다. 여러 경로를 통해 경험자들의 조언을
들은 터라 어느 정도 풀에 대한 각오는 했지만 그래도 막
상 닥치고 보니 물리적으로 손쓸 수 없음은 놔두더라도
정신적으로 풀에 압도를 당한 마음이 쉽사리 회복되지
않았다. 어쩔 수 없이 부직포 멀칭은 피할 수 없는 선택이
라며 타협을 했다.

　사람을 동원해 이틀간의 예초 작업을 한 뒤, 간신히
섭외한 트랙터가 들어와 풀밭을 갈아주었고, 이후 관리기
를 이용해 검은 비닐로 멀칭을 하고, 사잇길에는 검은 부
직포를 까는 걸로 마무리했다. 비닐 멀칭을 한 둔덕에 구
멍을 뚫고, 내가 좋아하는 자색 잎을 지닌 여러 묘목을 심
으면 올가을 농장 정리가 끝날 듯하다. 이런저런 농장 계

획을 세우며 남편은 내년에는 또 어찌해야 하나 감당이 안 된다고 미간을 찌뿌린다. 남편도 이제 곧 예순을 바라보는 나이인데, 몸의 기력이 떨어지니 일 앞에 두려움이 앞선다고 한다. 남편만 그런 것은 아니다. 남편보다는 어리니 아직 기력이 좀 더 남아 있을 법한 나도 실은 하루하루 체력이 달라짐을 느낀다. 옛 어르신들이 "몸 함부로 쓰지 말고 살살 달래가며 써야 한다"고 했던 뜻을 이제야 알 듯도 하다.

뭐든 때가 되지 않으면 아무리 좋은 조언도 내게 머물지 않고 비켜 간다. 대비도 못 한 채 일이 생기고 나서야 '이게 그 말이었구나' 하고 깨닫게 되니 이 인생의 엇박자를 어찌해야 할지도 모르겠다. 그래도 풀과의 전쟁을 치를 수 있는 땅이라도 장만하였으니 이걸로 족함을 알아야 하는 건가 싶다. 내일은 내일의 태양이 뜨고, 내년 농장은 내년의 계획이 떠오를 거라고, 최대한 앞서가려는 마음을 다리 걸어 주저앉혀 본다. 나를 미치게 했던 풀도 겨울 앞에선 맥을 못 춘다. 그때 다시 생각해 보리라. 잘라도 잘라도 거칠게 솟아가는 풀들을 향해 조용히 주문을 외어본다.

'제발 나랑 이쁘게 같이 살아보자!'

여름을 이겨내는 식물들

보름간 집을 비웠다. 깜깜한 밤, 긴 여정을 마치고 속초 집에 들어서니 후텁지근한 공기와 함께 백합의 진한 향기가 진동했다. 향수병을 쏟은 듯한 농도에 이미 백합이 만개했음을 알아차렸다. 백합은 늘 여름 장마철에 꽃을 피워 고생을 참 많이 한다. 그 큰 꽃잎이 며칠 내내 내리는 장맛비에 녹기도 한다.

사실 추위가 식물에게 가장 치명적인 듯 보여도 정원에선 의외로 여름을 이겨내지 못하는 식물이 많다. 대표적인 식물로는 자작나무가 있다. 북극 바로 밑 가장 추운 곳에서 서식하는 자작나무는 추위에는 끄떡없어도 습기가 가득 찬 여름 무더위를 잘 견디지 못한다. 특히 열대야 현상 탓에 여름 동안 회복을 못 하고 수명을 다하는 경우도 많다. 우리나라는 자작나무의 경우 남방 한계선이 있

커다란 모과나무를 맨 처음 심은 이는 누구였을까

어서 대략적으로 대전 이남으로는 자생이 어려운 편이다.

또 같은 온대 기후의 식물이라고 해도 지중해 인근을 자생지로 둔 식물들에게 우리나라의 여름은 치명적이다. 톱풀, 은사초, 로즈메리, 라벤더, 달리아가 이 그룹에 속한다. 바람 한 점 없는 고온다습 후텁지근한 우리의 여름 날씨 아래서 이 그룹의 식물들은 잎에 곰팡이가 생기고, 각종 질병에 시달리다 죽는 경우가 많다.

꼬박 하루 이상 비가 내리면 정원은 배수도 잘 일어나지 않아 흥건해지기도 한다. 오는 비를 막을 수도 없으니 식물들을 도와줄 방법도 딱히 없다. 그저 키가 큰 식물은 꺾이지 않게 지지대를 세워 끈으로 붙잡아 주고, 가늘고 촘촘한 잎을 지닌 은사초나 털수염풀과 같은 식물은 아예 짧게 잎을 잘라버리기도 한다. 잔디도 물을 너무 오랫동안 머금고 있지 않게 장마가 오기 전에 바짝 잘라주는 것이 좋다. 하지만 정원사의 이런 도움에도 불구하고 결국 생존은 식물 스스로의 견딤일 수밖에 없다. 그래서 어쩔 수 없이, 그럼에도 불구하고 살아남아 주는 식물에 애착을 더 느낄 수밖에 없다.

장마가 모든 식물에게 해가 되는 것은 아니다. 우리 속담에 "장마가 길면 대추가 여물지 못하고, 장마가 짧으면 삼이 덜 자라 삼베를 못 만든다"는 말이 있다. 대추는 긴 장마를 못 견디지만, 습기와 비를 좋아하는 삼은 장맛비를 맞아야 잘 자라기 때문이다. 세상만사가 뭐든 다 좋고, 다 나쁜 일은 없는 셈이다.

커다란 모과나무를 맨 처음 심은 이는 누구였을까

짱짱하고 꼿꼿하게

사람의 기억력이 참 보잘것없다. 매년 화단에 고르고 골라 심은 식물을 겨울이 되면 홀라당 까먹는다. 작년 가을 설악산에서 본 다람쥐가 도토리를 물고 쏜살같이 달아나기에 "그거 어디에 묻어 봤자 기억도 못 할 텐데……" 혀를 찼다. 그런데 그 다람쥐의 기억력과 다를 바가 없다.

3월이 되니 쌓였던 눈도 녹고 화단에 초록의 새싹이 수북하다. 수선화, 튤립, 무스카리, 크로커스, 히아신스, 아이리스……. 남편이 바늘 하나 꽂을 데가 없어 보이는데 뭘 또 심느냐고 타박하는데 헛말은 아니다. 그런데 사실 이 싹은 작년 늦가을부터 이미 돋아 있었다. 그때 내가 분명 '아이고, 지금 벌써 싹이 나오면 어떻게 하나' 안쓰럽게 봤는데 그게 이렇게 겨울을 난 셈이다.

정원 일이 매번 좋지는 않다. 잡초가 걷잡을 수 없이 세력을 뻗으면 "에이, 될 대로 되라" 눈 질끈 감고 돌아서기도 한다. 하지만 이른 봄날, 새싹이 초록을 키워내는 순간은 모든 잡념이 사라진다. 이 새싹의 모든 순간이 쉽지 않았음을 알기에 애틋하고 고맙기만 하다. 하지만 이제 싹을 틔운 히아신스가 언제 꽃까지 피우려나, 마음이 급해져 2주 전 꽃 시장을 갔었다. 꽃 시장에 내놓은 식물은 같은 품종이라도 겨울 동안 온실 속에서 적당한 온도와 습도, 햇볕을 받으며 자라기에 성장이 빠르다. 히아신스 화분을 사 와 책상 위에 올려두니 며칠 되지 않아 긴 꽃대가 올라오고 꽃이 주렁주렁 매달렸다. 향기가 얼마나 진하고 고급스러운지 방향제 역할로 그만이었다. 하지만 꽃이 피자마자, 과할 정도로 큰 꽃을 피운 히아신스 꽃대가 맥없이 늘어지더니 빠르게 꽃을 떨구고 말았다.

며칠 후 내 책상에서 소임을 다하고 시든 히아신스를 바깥 정원에 옮겨 심으며, 그 옆에서 아직 모질고 험한 봄날씨에 키를 키우지 못한 히아신스를 한참 들여다봤다. 부족함 없이 온실 속에서 자란 히아신스보다 스스로 날씨를 이겨내는 바깥 히아신스의 삶은 절대 더 편할 수 없다. 하지만 스스로 자란 히아신스는 더 짱짱하고 꼿꼿하

커다란 모과나무를 맨 처음 심은 이는 누구였을까

게 꽃을 피우고 더 오랫동안 지속된다. 과학적으로 우리가 느끼는 '행복'은 고통이 지난 후에 드러나는 편안함이라는데, 참 야속해도 어쩔 도리가 없다.

　가끔 배려받지 못한 환경에, 나만 못 받은 듯한 축복에 억울하다가도 총총히 정원으로 돌아와 보면 답이 달라진다.
　'그래, 이 힘겨움이 나한테만 있을까. 이 끝에 다가올 행복은 보름달 들어찬 것처럼 환하게 우릴 밝혀 줄 것이다. 믿어보자!'

4

우리들의 협업

정원에 늘 찾아오는
동물들이 있다.
직박구리, 동박새,
참새, 그리고 물을
담아두는 돌확에서
사는 물두꺼비와
청개구리, 벌,
나비까지. 정원은
친구를 불러들이고,
그렇게 하나의 작은
우주가 만들어진다.

지금은 우리들의 협업이 필요할 때

늑대 암컷 두 마리가 비슷한 시기에 새끼를 낳았다. 세상 모든 생명체의 엄마들은 참으로 힘들다. 한 마리는 사냥 실력은 좋지만 어린 새끼들을 두고 멀리 사냥을 하러 나갈 상황이 아니었다. 다른 늑대의 삶은 더 고달팠다. 사냥에도 재능이 없어 번번이 먹잇감을 놓치자 젖은 말라가고, 이대로라면 새끼들과 굶어 죽을 수밖에 없다.

그런데 어느 날 신기한 일이 벌어졌다. 사냥이 미숙한 암컷이 다른 암컷의 굴로 찾아간 것이다. 피비린내 나는 혈투가 예상됐지만 결론은 달랐다. 원래 굴의 주인인 암늑대가 홀로 사냥을 나갔고, 다른 암늑대가 그 굴에서 새끼를 지켰다. 사냥에서 돌아온 늑대가 먹잇감을 가져왔을 때, 굴 안의 식구는 두 배로 불어 있었다. 두 암늑대의 새끼가 모두 합쳐진 것이었다. 사냥에 능한 암늑대는 사냥을, 다른 암늑대는 육아를 책임지는 협업이 이뤄진 셈이다.

이 이야기는 내가 본 자연 다큐멘터리의 실제 내용이다. 이런 협업은 식물에게도 종종 일어난다. 오키드orchid, 우리나라에서는 난으로 불리는 이 식물에게는 풀리지 않는 수수께끼가 있었다. 보통의 씨는 반드시 첫 번째 발아까지는 도움을 받을 수 있는 영양분, 일명 배아라는 것을 크든 작든 지닌다. 그런데 오키드의 일부 씨에는 그저 핵만 존재하기 때문에 어떻게 영양분을 모아 발아를 할 수 있는지가 과학적으로 설명이 되지 않았다. 그러다 이 비밀의 열쇠가 균근mycorrhizal이라는, 땅속에 사는 균과의 협업임이 밝혀졌다.

눈에도 보이지 않을 만큼 작은 오키드 씨가 땅에 떨어지면 균근은 열심히 질소와 영양분을 모아 준다. 오키드 씨가 이 영양분을 먹고 발아되어 뿌리를 내리면, 균근은 그 뿌리 안에 보금자리를 만든다. 균근에게는 안전한 거주지, 오키드는 영양분을 보강해 주는 공급책이라는 협업이 생긴 것이다.

나도 실은 정원에서 자연과 늘 협업한다. 내가 심었다

커다란 모과나무를 맨 처음 심은 이는 누구였을까

고 내 것도 아니고, 햇살과 바람과 땅속의 미생물이 돕지 않으면 내 풀들이 잘 자라주지 않는다는 것을 잘 안다. 그래서 햇살 좋은 날, 가뭄 끝에 내리는 비, 무더위를 날려주는 선선한 바람까지 전부 다 고맙고 또 고마울 뿐이다.

도시를 떠나올 때 먹어야 할 마음

강원도에 살면서 정원 생활을 하는 다섯 가구의 모임이 있다. 각각 평창, 양양, 인제, 속초에 골고루 분포되어 산다. 거의 한 달에 한 번씩 번갈아 자신의 집에 초대해 가볍게 저녁을 먹고 수다를 떨다 헤어지는 아주 단순한 친목 모임이다. 이 모임에서는 대화의 주제가 딱 하나다. 사업가, 변호사, 학원 경영 등 각자 일하는 분야는 다르지만 우리끼리는 약속이라도 한 듯 아무리 다른 주제로 대화를 시작해도 결론은 늘 정원 생활 이야기로 회귀한다.

누군가 정원에 뱀이 많은데 어떻게 처리를 하냐고 물으면 경험자가 신속하게 대답한다. 각종 민간요법에, 듣도 보지도 못한 뱀 잡는 연장과 도구, 그리고 잡는 방법까지 매우 상세하고 거침이 없다. 여기에 닭 키우는 이야기, 키우는 개가 도망가서 산을 두 개나 넘어 잡으러 다녀온

커다란 모과나무를 맨 처음 심은 이는 누구였을까

이야기 등도 빠지지 않는다. 이제 막 싹이 오른 채소와 나무순을 죄다 뜯어 먹는 고라니의 습격은 다 함께 주먹을 쥐고 공감하는 천인공노할 일이 아닐 수 없다. 멧돼지도 만만치 않은데, "세상에서 제일 무서운 멧돼지는 새끼랑 같이 있는 멧돼지"라는 명언도 쏟아진다.

이 다섯 가구의 친밀함은 모두 도시 생활을 떠나와 시골살이, 정원을 가꾸며 살아간다는 공통점이 있어서다. 그렇기에 누구보다 도시 생활의 장점을 잘 안다. 오히려 시골에서 살다 보면 도시가 가진 반짝임이 더욱 그립기 때문이다. 하지만 "그럼 다시 그 반짝이는 도시로 돌아가겠느냐"는 질문에는 모두가 망설임 없이 "에이, 그건 못 하죠. 이제"라고 답한다.

어떻게 생각하면 도시는 자연의 이 모든 위험으로부터 도망친 인간에겐 가장 안전한 곳이다. 그러니 우리가 살아가는 데 더할 나위 없이 편리할 수밖에 없다. 하지만 이런 이상향에 가까운 도시가 나는 어느 순간부터 점점 무서워졌다. 텁텁한 공기는 폐를 시커멓게 그을리게 하는 듯하고, 밤이 되어도 잠들지 않는 도시는 만성 불면증을 일으키고, 밀집된 공간 속에서 압사할 듯 조여오는 부대

낌에 그냥 얼굴만 봐도 짜증과 불편함이 몰려왔다. 그래서 나는 이 도시의 어둠과 무서움이 싫어서 비교적 빨리 도시를 떠나온 사람이기도 하다.

하지만 그렇다고 시골이, 자연이 결코 만만한 건 아니다. 사실 자연 친화적 삶이라는 말에는 양면성이 있다. 자연 속으로 다가간다는 것은 우리에게 곁을 주지 않았던 생명체를 가까이한다는 말이기도 하다. 식물도 알고 보면 동물만큼이나 사납고, 사람에게 위협적일 때가 많다. 빽빽한 풀숲에 잘못 접어들면 모기들의 엄청난 공격을 받게 된다. 흡혈인 모기는 알고 보면 식물이 키우고 있는 정찰병 내지는 공격조라고도 볼 수 있다. 식물에 가까이 다가서는 것 자체를 이들이 막고 있기 때문이다. 게다가 꽃가루나 수액도 식물들의 방어 수단 중 하나다. 그래서 꽃가루가 인간에게는 천식과 같은 폐 질환을 일으키는 원인이 되고, 또 식물의 줄기를 자르면 수액이 흐르는데 이 수액을 만지면 피부 질환도 생긴다.

"식물은 정말 좋은데, 벌레 끼는 건 너무 싫어요"라는 말은 애초에 성립이 되지 않는다. 식물이 꽃을 피우는 것은 인간을 위해서가 아니라 곤충을 수분자로 부르기 위해서다. 그러니 인간은 원치 않겠지만 식물은 벌레들과 공생할 수밖에 없다.

모든 일에 일장일단, 양면성이 있듯이 자연 친화적 삶도 그렇다. 불편하고, 무섭고, 때론 귀찮을 때도 있다.

그래서 도시를 떠나올 때 반드시 알아야 할 것들이 있다. 시골이 늘 말갛고, 시리도록 푸르고, 고요하지만은 않다는 것. 이 양면성까지도 모두 받아들일 수 있을 때 가능하다는 것. 그럼에도 불구하고 자연 친화를 선택한다면 이건 분명히 말해 줄 수 있을 것 같다. 이유 없이 기분을 좋게 하는 맑은 하늘과 근심을 잠시 잊게 하는 장엄한 파도와 괜찮다고 든든하게 위로해 주는 웅장한 산이 나에게 때때로 불쑥 다가와 준다는 것. 그게 참 묘하게 그 어떤 것보다 위로가 된다는 것만큼은 확실하다고 말이다.

식물이 단풍을 만드는 이유

가을로 접어들며 속초 정원엔 바람이 많이 불어온다. 이 곳에서 살아보니 두툼한 이불을 찾을 만큼 밤 기온이 뚝 떨어지고 며칠이 지나면 설악산의 단풍 소식이 들려왔다. 발뒤꿈치에 진흙을 잔뜩 단 듯 무거웠던 여름이 선선한 가을바람에 깃털처럼 가벼워지는 요즘이다. 하지만 이것 도 찰나의 행복일 것이다.

식물들이 단풍을 만드는 이유는 사실 우리가 놀이를 갈 만큼 낭만적이진 않다. 만약 잎이 지지 않고 겨울철에 도 물을 빨아올리면 나무 전체가 얼게 된다. 그래서 잎을 없앨 수밖에 없다. 가장 좋은 방법은 광합성 작용을 멈추 는 것인데, 그러면 잎에서 초록색이 사라지고 남은 색인 노랑, 주황, 빨강이 나타난다. 이게 우리 눈에 보이는 단풍 의 색이다.

커다란 모과나무를 맨 처음 심은 이는 누구였을까

타로 카드를 보면 '죽음'의 카드가 있다. 이 죽음의 카드는 부정적 의미처럼 보이지만 해석은 좀 다르다. 죽음의 신 뒤로 떠오르는 태양이 그려져 있어 오히려 새로운 시작을 의미한다. 정원사에게 계절의 시작은 봄부터가 아니라 가을이다. 식물이 동면기에 접어드는, 어찌 보면 잠정적 죽음의 계절인 가을이 바로 새로운 정원의 시작이기 때문이다. 이 시작의 기운은 나무를 좀 더 가까이 다가가 살펴보면 더욱 분명해진다. 떨어지려고 준비하는 잎의 잎맥 바로 밑에 이미 내년 봄 피울 잎눈, 꽃눈이 자리 잡고 있기 때문이다. 이 작은 봉오리들은 모진 겨울 추위를 이겨내며 긴 견딤의 시간을 보낼 것이다. 그리고 내년 봄, 적당한 어느 날에 싹을 틔울 것이다.

계절에 따라 우리네 삶도 에너지의 리듬을 타게 된다. 가을은 식물뿐만 아니라 우리에게도 버릴 것, 내려놓아야 할 것들을 빠르게 정리하라고 부축이는 듯하다. 버려야 새로워진다.

4. 우리들의 협업

약을 쳐야 할까요

8년 전에 내 손으로 직접 심은 버드나무의 굵기가 이젠 양손을 모아야 잡힐 정도로 굵어졌다. 버드나무는 잎과 가지가 부드러워 이걸 잘라 바구니 등 공예품을 만든다. 또 워낙 생존력이 뛰어나 자른 가지를 땅에만 꽂아도 뿌리를 잘 내린다. 그런데 이 식물에게도 약점이 있어서 습도가 높은 여름철엔 연한 잎과 줄기에 정말 많은 애벌레가 끼여 든다. 일부 잎은 거의 잎맥만 남는 수준이 되고, 균까지 번지면 초록의 잎이 거뭇하게 변색도 된다.

장마가 지나고 나면 우리 집 버드나무의 이 참담한 꼴을 보다 못해 남편이 병든 가지를 대대적으로 잘라내는 일을 한다. 그러고는 약을 쳐야 하는 거 아니냐고 묻기도 한다. 물론 약을 치면 뭔가 빠른 효과가 생길 수도 있지만, 적어도 우리 집 정원에는 약을 친 적이 없다. 강의를 할 때도 벌레가 끼는데 약을 어떻게 치면 좋으냐는 질문을 가장 많이 받는 편이다. 그런데 정말 식물에게 매년 몇 번씩이나 약을 쳐야만 할까?

사실 관상용으로 키우는 수목과 풀들에 봄부터 여름까지 살충제나 살균제를 정말 많이 친다. 하지만 전문가들은 이 약의 진실을 잘 안다. 이 약의 목적이 실은 나무를 살리려는 의도보다는 사람들이 무서워하고 징그러워하는 벌레를 죽이기 위함이라는 것을 말이다.

식물의 입장에서만 본다면 그들의 삶은 병충해보다는 오히려 가뭄이나 폭우, 거센 바람 등에 더 위협을 받는다. 사실 식물과 벌레의 관계는 때론 죽음의 문턱까지 이끌 수도 있지만 공생 관계일 때가 많다. 잎을 엄청나게 갉아 먹는 애벌레는 훗날에 나방이나 나비가 되어 꽃의 수분을 도와준다. 균의 경우도 식물을 숙주로 영양분을 갈취하기도 하지만 때론 식물에 질소를 공급해 주는 일도 한다.

게다가 식물 또한 무작정 벌레를 그대로 두진 않는다. 잎에서 화학 물질을 만들어 잎에 내려앉은 벌레를 불임

여름이 지나며
정원은 열기가
빠지고 뜸을 들이는
시간이 찾아온다.
그 뜨겁지 않은
온화함이 정원도
한결 온화하게
만든다.

으로 만들거나 식욕을 잃게 해 세력을 억제한다. 메뚜기 떼가 창궐했다는 소식을 접할 때가 종종 있다. 그 속도대로라면 지구 전체가 메뚜기로 뒤덮여야 맞겠지만 그렇지 않다. 그것은 식물들의 반격이 있기 때문이다. 식물들은 당장 그해에는 먹힐지 모르지만, 자신의 몸속에 화학 성분을 재빠르게 만들어 곤충이 불임을 일으키도록 한다는 과학적 설이 있다. 말 그대로 해를 거듭해 계속해서 늘어날 수 없게끔 함으로써 균형을 유지한다는 것이다.

나의 정원에서도 비슷한 일이 종종 일어난다. 늘 병충해의 공격을 받는 버드나무도 실은 그대로 죽지는 않는다. 혹독한 시간을 겪기는 해도 다음 해에 여전히 싹을 틔워준다. 꽃이 예뻐 키웠던 곤드레와 원추리도 마찬가지다. 먹을 수 있을 정도의 고소함 때문인지 유난히 진딧물이 많이 끼는데 결코 쉽게 죽지는 않는다. 식물도 동물만큼이나 자기방어와 공격에 강한 것이다.

우리가 이해하기엔 너무나 복잡한 생태계의 네트워크 속에서 귀결점은 하나다. 모든 생명체가 서로를 때론 공격하고, 때론 방어하며 균형을 맞춰 살아간다. 내가 심었지만 내가 관여할 수 없는 자연의 질서와 균형에 나는 나의 정원을 맡길 때가 많다. 조금만 너그럽게 이 자연의 조율과 균형을 믿고 기다리는 마음도 필요하다.

커다란 모과나무를 맨 처음 심은 이는 누구였을까

아직은 돌아와 주는 계절의 고마움

뒷마당 화단의 수선화가 벌써 손가락 마디 정도로 자란 게 보인다. 봄이 왔음을 알리는 첫 선수의 입장이다. 수선화를 시작으로 튤립의 싹이 올라올 것이고, 그 사이 우리 집 앞 설악동 길엔 수백 그루의 벚꽃이 팝콘처럼 하얀 꽃을 피워줄 것이다. 그때쯤 마을 소나무 숲에선 뻐꾸기가 남의 둥지에 알을 낳고 울어대고, 화단엔 내가 심은 화초와 굴러들어 온 잡초가 뒤섞여 무리 지어 올라올 것이다. 하지만 예측된 모든 일이 만약 오지 않는다면?

봄이 와주지 않고, 태양이 맑은 햇살을 보여주지 않고, 바람이 불어오지 않고, 식물이 피어나지 않는다면? 정말 끔찍할 것 같은 이런 일이 이제는 충분히 상상이 된다. 내가 좋아하는 SF 영화들의 단골 주제가 대부분 지구 환경의 변화와 인간의 모진 삶이기 때문이다.

영국 유학 중 석사 과정에 생태 디자인을 공부했다. 그때 내가 배운 공부는 지구가 어떻게 식물을 키워왔는지, 어떻게 훼손된 자연을 식물이 복원시키는지, 그 안에서 인간이 복원을 도울 수 있는 방법이 있는지 등이었다. 지도 교수였던 피터는 그 깐깐함이 대단했는데 수업 중에 '자연의 복원력resilience'이란 단어를 수도 없이 강조했다. 나는 이 과목이 생물학, 지구학과 연관이 깊어서 배우는 내내 힘이 들었다. 특히 자연의 복원력을 수치로 환산해 탄성값을 내는 일은 내가 할 수 있는 영역이 아니었다.

하지만 어려운 수치의 싸움이 아니라면 그 원리는 너무나 간단하고 명료했다. 자연에는 '원래의 생태계로 돌아가는 힘'이 있다는 것이다. 하지만 자연의 복원력에도 한계가 있어서 지구가 인간이 어질러놓고 훼손한 환경을 마냥 계속 복원시켜 주지는 않는다. 피터 교수를 포함해 많은 과학자가 말하고 있는 이 복원의 한계점을 복잡한 계산을 빼고 간단히 들여다보면, 만약 그게 시각으로 12시 정각이라면 우린 이미 11시 55분을 넘어섰다고 한다.

그럼 이 복원점을 넘어서면 어떤 일이 벌어질까? 그간 지구에는 생명체의 90퍼센트 이상이 사라지는 대멸종 사태가 무려 다섯 번이나 있었고, 마지막 멸종 사태는 바로 1만 년 전의 빙하기였는데, 그 대멸종의 사태가 다시 온다는 것이다.

물론 정원에 식물 하나 심으며 지구의 멸종이라는 거대한 일까지 생각할 건 아니다. 하지만 지구의 환경이 급격하게 달라지고 있다는 걸 나의 정원에서도 실감한다. 식물 수분을 도와주는 벌의 개체 수가 이미 반 이상 줄어버렸고, 점점 더 뜨거워지는 날씨 탓에 모든 식물의 개화 시기가 빨라지고 있다. 봄과 가을이 사라지고 여름과 겨울만 길어지는 계절의 변화도 심상치 않다. 이렇게 되면 계절의 오고 감도 점점 사라질 게 확실하다.

겨울에서 봄으로 넘어가는 환절기를 맞고 있다. 딱 우수와 경칩 사이다. 비, 바람, 급격한 온도 상승 등으로 몇 번은 더 나를 들었다 놨다 하며 괴롭히겠지만 이 시기가 점점 그리 싫지 않다. 환절기는 아직은 자연이 돌아와 준다는 증표이고, 나의 정원에 봄꽃을 심을 수 있는 예약 티켓이기 때문이다. 그렇게 봄이, 계절이 어김없이 돌아와 주니 아직은 늦지 않은 듯하다. 지금이라도 자연이 더 강한 복원력을 갖도록 뭐든 하긴 해야 한다.

정원에선 시간이
달력의 숫자로
흐르지 않는다.
뻐꾸기가 우는 시간,
튤립이 피는 시간,
단풍나무에 물이
드는 시간, 눈꽃이
피는 시간이 있을
있을 뿐이다.

수선화와 튤립의 시간

3월 말에서 4월 중순까지의 시간을 나의 정원의 관점에서 본다면 '수선화와 튤립 사이'이다. 붓을 세운 듯, 도톰한 수선화가 드디어 꽃을 피우기 시작하고, 반면 튤립은 수선화보다 크고 토끼의 귀처럼 생긴 잎을 열심히 키워낸다. 수선화가 피고 2주쯤 지나 튤립이 피어나니 딱 2주 정도의 시간인 셈이다.

이 사이 정원에선 많은 일이 벌어진다. 며칠 전부터 처마 밑에선 달그락거리는 소리와 작은 짹짹거림이 들려온다. 남편이 나무로 새집을 만들어 처마 밑에 매달아 놓았는데 여기에 참새가 들락거리기 시작한 걸 몇 년 전부터 눈치채고 있었다. 틀림없이 작년에도 그랬듯 집 단장을 끝내고 이미 새끼를 낳은 게 틀림없다. 두 마리의 암컷, 수컷 참새가 정말로 부지런히도 뭘 물어다 바친다. 내가 목격한 바로는 새들 중에선 참새와 박새의 새끼 부화가 늘 이렇게 가장 먼저이고, 5월이 되어야 뻐꾸기 소리가 들리니, 나름 새들에게도 시간의 차가 존재하는 셈이다. 그리고 수선화와 튤립 사이, 정원엔 또 다른 주인공도 등장한다. 바로 '벌'이다. 수선화가 꽃을 피울 무렵부터 정원엔 본격적으로 벌들의 비행이 눈에 띄게 분주해진다.

국제 표준의 날짜선이 생기고, 세계가 단일한 시간제를 선택한 시점은 1884년이다. 그 전까지는 나라마다 하루를 세는 단위가 달랐고, 계절을 구별하는 방법도 민족마다 달랐다. 세계가 경제적으로 연결되다 보니 이런 제각각의 시간 단위로는 엄청난 혼란이 일 수밖에 없었다. 결국 전 세계가 단일 시간제를 채택했고 그 덕분에 이제는 비행기를 타고 지구의 반 바퀴를 넘나들어도 혼란이 없다. 하지만 시간이 정말 국제 표준 시계처럼 흘러가는 것일까?

적어도 나의 정원에서 시간은 다른 계산법을 갖는다. 수선화와 튤립 사이. 이는 곧 피어날 수선화를 위해 지지대를 세워주는 시간을 의미한다. 수선화꽃은 머리가 커서 활짝 피면 그 무게로 고꾸라지곤 하는데, 이걸 피하려면

커다란 모과나무를 맨 처음 심은 이는 누구였을까

지금쯤 잔나무 가지를 사이사이에 꽂아서 무거운 꽃이
잘 견딜 수 있게 해주는 것이 좋다.

나의 가성비

나는 '가성비'라는 말을 별로 안 좋아한다. '가격 대비 성능'을 줄여 만든 말인데, 이 가격이 꼭 '돈'으로만 환산되는 게 싫어서다.

우리 마을엔 자연 연못이 있었다고 한다. 연못 안에는 언제부터 거기서 살았는지는 모르지만 정말 예쁘게 피어나는 연꽃도 자생하고 있었다. 그런데 태풍 루사가 지나간 후, 연못의 물이 넘쳐 보수를 하는 과정에서 연못의 모양이 완전히 동그라미가 됐고, 그 안에 인공 섬을 또 동그랗게 만들어서 정말 너무 멋없는 동그란 연못이 되고 말았다. 게다가 안전을 위해서라며 초록색 철울타리까지 쳐두는 바람에 접근 금지인 줄 알고 지나쳐 난 이곳에 연못이 있다는 걸 이사 오고 수 개월이 지나서야 알았다. 이 연못의 옛 모습을 알고 있는 분들은 마을 청소가 있는 날

커다란 모과나무를 맨 처음 심은 이는 누구였을까

이면 정말 예뻤던 연못을 이렇게 망쳐놓았다고 욕도 하신다.

이런 일이 일어난 이유를 알 것도 같다. 이 상황을 보지 않았어도 전문가 입장에서 충분히 그려지기 때문이다. 절차상 보면 분명 이건 시에서 시행한 주민 복지 사업이다. 우선 연못 복원 공사에 대한 설계 용역이 있고, 이걸 바탕으로 시공 입찰이 났고, 입찰 받은 시공자는 최대한 설계에 어긋나지 않게 시공하여 무사히 준공을 받았을 것이다. 법적, 행정적으로 전혀 하자가 없는 이 일에 책임을 질 사람은 아무도 없다. 단지 원래 연못의 아름다움을 못 살린 이유는 설계자가 가장 안전하고 효과적인 설계법을 적용했기 때문이고, 시공자는 또 최대한 경제적으로 손해가 나지 않게 만들었기 때문이다. 그저 너무나 불행한 일은 그 아름다웠던 연못은 사라졌고, 이 복원에 만족하는 마을 사람들은 하나도 없다는 것뿐이다.

연못을 자연스럽게 복원하면서도 안전하게 만드는 일은 설계부터 시공까지 정말 많은 노력이 필요하다. 설계자는 몇 번이고 원래의 연못을 상기하며, 자신의 설계 속에 자연 연못의 아름다움을 살릴 수 있도록 충실했어야 하고, 시공자는 그 설계에 맞춰 재료의 선정과 형태를 잡는 데 많은 시간과 정성을 들였어야 한다. 아니, 애당초부터 시에서 이런 작업을 수행할 만큼 현실적인 공사금 예산을 책정했어야만 한다. 꽉 맞춰진 이 맞물림 속에 '자연의 미'라든가, '생태적 배려'라든가, '주민의 즐거움' 등은 들어설 자리가 없는 셈이다. 결국 불행의 시작은 우리 삶에 스며들어 있는 가성비 탓일 수밖에 없다.

세계적인 조경가들이 하나같이 수긍하는 말이 있다. "산업 혁명 이후 우리의 삶은 모든 기준이 돈으로 환산이 되었고, 이 경제성의 원리가 우리 삶의 모든 디자인을 '어글리'로 만들었다"는 것이다. 나는 이 말에 정말 많이 공감한다.

세상을 살기 좋게 만드는 일에 가성비로는 측정값이 나오지 않는 것들이 너무 많다. 그 많은 가치를 다 제쳐두고 어떻게 경제성으로만 측정값을 낼 수 있을까? 나의 가성비의 기준은 적어도 '돈'만은 아니다.

나를 정말 행복하게 해주는 것들의 값어치를 나는 나의 정원에서 늘 경험한다.

커다란 모과나무를 맨 처음 심은 이는 누구였을까

'일찍 피어난 복수초의 그 샛노란 눈부심,

바람에 스삭거리는 자작나무 잎의 그 맑은 소리,

내 등을 따스하게 데워주는 햇살의 안아줌,

청명한 가을과 노란 이삭의 아름다운 색의 대비…….'

이 모든 것의 값어치가 돈보다 더 소중하기 때문이다.

삶과 죽음, 기다림의 순환

밤새 속초엔 바람이 거세게 불었다. 간신히 매달려 있던 모과나무의 잎이 결국 다 떨어진 듯 보인다. 감나무의 잎은 그보다 먼저였고, 이제 남은 건 산딸나무의 한두 잎이 전부다. 나무의 잎뿐만이 아니다. 자르지 않고 남겨둔 갈대도 초록색을 완전히 잃어 누렇게 바짝 말라 있다. 말랐다고 표현하지만 물기가 한 점도 없으니 올해의 생명은 끝난 셈이다. 정원에 간간이 보이는 초록은 겨울에도 잎을 달고 있는 회양목, 측백, 주목이다. 그러나 이 상록의 잎들도 실은 초록의 잎을 달고 있지만 간신히 부족한 광합성 작용만 하고 있을 뿐, 물이 얼기 시작하면 역시 성장을 멈춘다. 겨울이 오면 식물들은 이른바 잠정적 죽음인 '동면기'에 접어든다.

아프리카 케냐 인근에서 발원한 나일강은 탄자니아,

우간다, 르완다, 부룬디, 콩고 공화국, 에티오피아, 수단을 거쳐 이집트로 흘러가 지중해로 빠져나간다. 약 6,700킬로미터에 이르는 이 강은 남아메리카의 아마존강(6,300킬로미터)과 함께 지구에서 가장 긴 강이다. 이집트는 나일강이 지중해로 빠져나가는 하류 지점으로, 여기서 강은 여섯 갈래로 갈라진다. 이 여섯 갈래의 줄기 사이에 고대 이집트인은 피라미드를 비롯한, 지금의 과학으로도 설명하기 힘든 거대한 문명을 이뤄냈다. 하지만 풍요로운 나일강은 이집트인에게 생명의 힘만 주었던 것이 아니다. 엄청난 죽음을 해마다 가져왔다.

나일강을 따라 이동하는 크루즈를 타면 상류인 아스완 강둑에 세워진 콤 옴보 신전을 볼 수 있다. 이 신전의 거대한 기둥은 뚜렷하게 색깔이 진한 진흙색과 옅은 갈색으로 구별이 되는데, 바로 그 지점이 나일강이 범람한 흔적이다. 범람할 때마다 이곳을 삶의 터전으로 사는 많은 이들의 생명과 그들이 일군 모든 농경지를 앗아갔다. 고대 이집트인은 여름철마다 홍수가 규칙적으로 일어나 범람하는 강을 지켜보면서 나일강이 살아 있다고 믿었다. 이 강이 홍수로 돌아오는 시즌을 계산해서 인류 최초의 달력을 만들고, 이 달력으로 시간을 써 내려갔다. 그리고 축적된 데이터를 통해 죽음을 일으키는 강이 실은 새 생명을 잉태하는 힘이 된다는 걸 알아갔다.

이 지구는 밀봉된 세상이다. 아직 우린 우주 밖으로 나가지 못하고 있고, 우주에서도 지구를 열고 들어온 사례는 아직 없다. 46억 년의 역사를 지닌 지구는 그래서 질량 불변의 법칙 속에 순환 중이다. 그 순환의 가장 큰 법칙은 삶과 죽음이다. 죽음이 모든 것의 끝이라고 생각할 수 있지만, 무엇인가 죽음을 맞이하면 그 터전 위에 새로움이 생겨난다. 거대한 나무 한 그루가 죽게 되면 미생물에 의해 분해가 되고, 그 분해된 유기물 속에서 새로운 식물의 싹이 트고, 성장을 하고, 그러다 다시 죽음을 맞는다. 결국 지구라는 거대한 생태계는 시작과 끝, 과거와 미래라는 일직선의 흐름이 아니라 돌고 도는 순환이라고 봐야만 한다. 그래서 많은 종교에서 말하는, 죽음 이후의 세계도 실은 과학적으로 분석이 되고 안 되고를 떠나 충분히 그렇게 상상해 볼 만하다.

나는 가을 정원에서 어쩔 수 없이 수많은 식물의 죽음을 목격한다. 설악산에 눈이 내리고, 물이 얼었다 녹았다를 몇 번쯤 반복하다 드디어 물의 움직임이 적어도 바깥

세상에서는 멈춰버리는 시기가 되면 식물들도 죽음을 맞는다. 그래서 겨울은 어쩔 수 없이 한 해의 종결인 듯싶지만 분명한 것은 이 식물의 겨울이 결국 다음 해 봄을 기약하는 일이라는 것이다. 가끔 식물의 흔적이 사라진 겨울 정원을 서성이다 보면 '기다림'이라는 단어가 떠오른다. 모든 기다림은 오지 않을 불안함을 안고도 있지만, 다시 올 것이라는 설렘이 더 크기에 추위와 빈곤함도 잘 참아 넘길 수 있지 않을까 싶다.

다시 찾아올 벌들을 위해

벚꽃만큼 압도적이진 않지만 5월 초의 가로수 길에는 이팝나무 흰 꽃이 장관을 이루고, 앞산과 뒷산엔 아카시나무 꽃이 포도송이처럼 주렁주렁 열려 그 향기가 바람에 날려 온다. 우리 집엔 감나무의 붉그레한 연두 잎이 초록으로 변하고 있고, 네 장의 잎이 하얗게 꽃잎처럼 피어나는 산딸나무가 드디어 손수건을 매달은 듯 꽃을 피우는 중이다. 그리고 그 밑엔 작년보다 더 많이 피어난 샤스타데이지의 흰 꽃이 만발하여, 얼마 전 지나간 보름에는 달빛에 초를 켠 듯 정원을 환하게 밝혀주었다.

올해도 어김없이 이 많은 5월의 식물들이 잊지 않고 피어나니 정말 고맙고 신기하다. 하지만 이렇게 해피 엔딩으로 끝을 맺으면 좋으련만, 올해는 이상하다. 아니, 좀 더 정확하게는 무섭다. 이유는 이 많은 꽃들이 피었는데

커다란 모과나무를 맨 처음 심은 이는 누구였을까

도 찾아와야 할 벌들이 정말 너무 안 보이기 때문이다.

벌이 사라진다는 뉴스를 듣기 시작한 지도 수년이 흘렀다. 설마설마하는 막연한 의심에, 그래도 어찌 되겠지라는 마음에 걱정을 미뤘는데 올해는 상황이 정말 심상치 않다. 작년만 해도 사진을 찍으려고 하면 윙윙거리는 벌들이 자연스럽게 잡혔는데 올해는 거짓말처럼 안 보인다. 벌들의 실종 원인으로는 몇 가지가 거론된다. 가장 유력한 것은 살충제의 과다 사용이다. 또 휴대 전화의 전자파가 벌들의 회귀 본능에 이상을 일으키고, 양봉으로 벌들에게 설탕물을 주는 행위도 스스로 꽃을 찾아가는 벌들의 본능을 상실시키는 원인이 된다고 한다. 어쩔 수 없이 죄책감이 드는 건 이 모든 원인이 한결같이 다 인간 탓이라는 점이다.

벌은 식물의 수분을 돕는 가장 큰 그룹의 생명체다. 이 생명체가 이대로 사라지면 곧 식물들의 3분의 2가 열매를 맺지 못할 일이 생기는데, 이런 상황에 이르면 벌들에게만 미래가 없을까. 우리 삶도 함께 무너질 수밖에 없다.

우리 곁에 벌들을 조금이라도 붙잡아 두려면 우선 지

나친 살충제 사용부터 줄여야 한다. 모기, 날벌레 잡자고 뿌리는 살충제가 분명 벌들에게도 영향을 준다. 정원을 만들어 식물을 많이 심는 것도 도움이 된다. 같은 종류를 많이 심기보다는 소량 다품종으로 골고루 심어야 각양각색의 꽃이 지속적으로 피어나 벌들에게 식량이 돼준다. 또 잊지 말아야 할 것 중 하나는 물이다. 벌뿐만 아니라 모든 곤충에게 물은 생존을 위한 필수 조건이다. 정원 한쪽에 물을 담아두어 벌들이 쉬어 가며 물을 먹을 수 있게 해주면 큰 도움이 된다. 아예 새집이나 벌통을 만들어 쉼터나 집을 제공해 주는 건 더 실질적인 해결책이다.

다시 돌아올 벌들을 위해, 우리가 기다리고 있음을 더 늦기 전에 알려주어야 한다.

커다란 모과나무를 맨 처음 심은 이는 누구였을까

요동치는 지구, 우린 안전할 수 있을까

처서는 매년 8월 22일 혹은 23일이다. 좀 뭉뚱그려 말하면 양력 8월 말 즈음으로 보면 된다. 입추와 백로 사이에 껴 있는 절기로 24절기 중 열네 번째다. 보름마다 바뀌는 절기를 매번 셈하는 건 아니지만, 절기 중 이 처서는 우리에게 많이 중요한 시점이다.

"처서에 비가 내리면 독 안에 쌀이 줄어든다", "처서 비에는 십 리에 천 석을 감한다"라는 말이 전해진다.

결론적으로 8월 말부터는 식물들이 열매를 살찌우는데 온 힘을 다한다. 그런데 이때 비가 추적추적 내리면 그 해 농사를 망칠 수밖에 없다.

대체 처서엔 무슨 일이 일어나는 걸까? 이를 과학적으로 살펴보려면 식물의 주기를 알아야 한다. 식물은 햇살을 받은 후, 이걸 에너지로 만들어내는 생산자다. 이걸 광합성 작용이라고 하는데, 인간을 포함한 동물 소비자들은 도저히 할 수 없는 엄청난 일이다. 그런데 주기상으로 보면 식물들은 광합성을 통해 생산한 에너지를 처음엔 싹을 틔우고, 줄기와 잎을 성장시키고, 꽃을 피우는 데 쓴후 처서를 기점으로 매우 획기적인 전환을 한다. 바로 이에너지를 더 이상 잎과 줄기를 성장시키는 데 쓰지 않고, 대신 맺은 열매가 잘 여물 수 있도록 집중한다.

이 상황이 정원에서라면 어떻게 나타날까? 우선 왕성하게 자라던 잡초가 더 이상은 세력을 뻗지 못한다. 다시 말하면 풀 베는 일을 이제 멈추거나 덜하게 된다는 의미다. 또 잎의 성장이 멈추기 때문에 초록의 힘도 사라져 잎이 점점 누렇게, 붉게 변하는 것도 이 시점부터다. 하지만 그렇다고 식물이 처서 이후에 광합성 작용을 하지 않는 것은 아니다. 오히려 더 많이 할지도 모른다. 다만 생산한 에너지를 오로지 씨앗과 열매를 살찌우는 데 쓰기 때문에 곡식이 익어가고, 과실수의 열매는 하루가 다르게 커진다. 그러니 처서 이후에 비가 내리면 농사를 망칠 수밖에 없다.

커다란 모과나무를 맨 처음 심은 이는 누구였을까

내가 사는 마을은 논으로 에워싸여 있다. 이 논들의 벼가 처서를 지나자마자 누렇게 여무는 게 보인다. 참 신기할 따름이다. 이뿐만 아니다. 처서를 지나자마자 마치 스위치를 켜기라도 한 것처럼 동해에서 불어오는 바람이 갑자기 선선해졌고, 설악산을 넘어오는 북서풍의 찬 바람에 한밤중엔 이불을 찾는 중이다. 여름 내내 습기가 차도 열기 탓에 불을 땔 수 없었던 아궁이 방에도 이제는 남편이 불을 넣고 있다.

절기가 이렇게 기가 막히게 맞는 건 지구가 태양을 도는 각도와 항로가 정확하기 때문이다. 그런데 요즘 누구나 걱정을 한다. 언제까지 이 지구가 지금껏 지켜온 이 정확한 규칙들을 계속해서 지켜줄 것인가?

지구의 날씨가 점점 요동치고 있다. 사막이었던 곳에 폭우가 내리고, 물이 넘치던 곳에서는 물이 말라 600년 전 유물이 새롭게 발견되기도 한다. 우리나라도 예외는 아니다. 50년 만의 폭우로 도시가 물에 잠기는 일도 벌어지고, 이제 그쳐야 할 비가 처서 이후에도 여러 곳에 비를 내린다. 지구가 한계점을 넘어서고 있다고, 이미 수십 년 전부터 많은 이들이 힘주어 외치고 또 외쳐도 외면했던

4. 우리들의 협업

결과가 이제 슬슬 그 모습을 보이는 게 아닌가 싶다. 자연이 주는 수많은 경고를 계속 무시하며 우린 정말 무사히 잘 살아갈 수 있을까?

커다란 모과나무를 맨 처음 심은 이는 누구였을까

경쟁이 아닌 선택도 있음을

나는 속초에서 가장 오래된 마을 그리고 가장 오래된 집에 살고 있다. 조상 대대로 물려받은 집도 아니고, 어찌하다 보니 200년 가까이 된 한옥을 구입해 수리해서 10년 넘게 살고 있다. 이 집 앞에 대포항에서 설악동까지 이르는 약 10킬로미터의 큰길이 있는데, 족히 30년은 넘은 벚나무가 줄지어 서 있다. 여기 벚나무의 개화 시기는 다소 늦어서 다른 곳의 벚꽃이 다 피고 졌다는 소식이 들려오는 4월 5일 즈음이 딱 절정이다.

식물학적으로는 우리나라에는 벚꽃 개화도가 있다. 3월 20일 즈음 가장 남쪽 제주도를 시작으로 강원도 동해에 도착할 때가 대략 4월 5일. 그러나 이것도 평창, 인제 등 산속 지역에서는 더 늦다. 다른 꽃보다 유난히 벚꽃이 우리 기억에 많이 남는 이유는 그 어마어마한 꽃의 양 때문이기도 하지만 실은 다른 이유도 있다. 바로 잎이 없는 상태에서 꽃을 피우기 때문에 유난히 눈에 띌 수밖에 없다. 벚꽃만이 아니라 잎보다 빨리 꽃을 피우는 진달래, 개나리, 히어리 등이 늘 꽃으로 먼저 기억되는 것도 이 때문이다.

그에 반해 산딸나무, 이팝나무, 밤나무, 배롱나무, 칠엽수처럼 여름에 꽃을 피우는 나무는 잎이 무성해진 채로 꽃을 피운다. 그래서 분명히 자연 속에서는 봄꽃보다 여름꽃이 훨씬 많음에도 불구하고 잎 속에 파묻힌 여름나무 꽃은 그리 잘 기억되지 않는다.

이걸 조금 더 과학적으로 들여다보면, 봄에 꽃을 피우는 나무들은 전년도 가지에 이미 꽃과 잎을 피울 에너지를 비축한 채로 겨울을 나는 셈이고, 여름 나무들은 잎을 먼저 틔운 후 열심히 광합성 작용을 하여 꽃을 피우는 원리다.

이걸 원예에 적용해 보면 가지치기의 시기도 다르다는 걸 알게 된다. 왜냐하면 여름 나무는 이른 봄에 가지를 쳐내도 아무런 문제가 없겠지만, 이른 봄에 꽃을 피우는 나무의 가지를 이른 봄에 잘라버리면 그해에는 꽃을 피

커다란 모과나무를 맨 처음 심은 이는 누구였을까

우지 못하거나 빈약해지기 때문이다.

　식물이 봄꽃, 여름꽃 이렇게 다른 선택을 하는 이유는 서로 경쟁을 피하려는 의도이다. 우린 늘 경쟁에서 이기자며 주먹을 불끈 쥐라고 하지만, 경쟁을 피해 다른 선택을 하는 것도 지혜임을 잊지 말자.

우린 모두 환경을 이기며 살아간다

2019년, 호주 시드니 블루마운틴을 방문했다. 호주의 그 랜드 캐니언이라고 불리는 곳으로 인근 도시 카툼바_{Ka-toomba}의 고도를 기준으로 보면 무려 400미터 아래로 그 광경이 펼쳐진다. 마치 스노클링을 하면서 수백 미터 바다 밑을 보는 느낌이다. 이 블루마운틴엔 수백만 그루의 유칼립투스가 자라고 있는데, 그 잎의 푸른빛과 나무가 뿜어내는 산소 공기로 인해 공기가 푸르게 보여서 붙여 진 이름이다.

한국으로 돌아온 지 한 달이 채 되지 않아 그곳의 엄청난 산불 소식을 들었다. 블루마운틴의 한여름, 12월부터 시작된 산불은 1월이 되어도 꺼지지 않았다. 불기둥이 70미터까지 올라갔고, 시커먼 연기가 하늘을 덮었다. 이때 분출된 이산화탄소의 양이 8억 3천만 톤이어서 세계

커다란 모과나무를 맨 처음 심은 이는 누구였을까

기후가 이를 계기로 상당한 변화를 겪을 것이라고도 한다. 결국 이 산불이 멈춘 건 라니냐 현상이 찾아와 차가운 비가 내린 덕분이었다. 지친 소방관들이 무릎을 꿇고 비를 맞는 사진이 전 세계를 뭉클하게도 만들었다.

이 산불로 인해 사람의 목숨도 안타깝게 희생이 됐지만, 야생의 동식물에겐 그 수치를 산출할 수도 없을 만큼의 재앙이었다. 전체 블루마운틴의 37퍼센트가 불탔고, 2만 6천 종의 식물이 불탔으며, 그중에는 멸종 위기 식물 500종도 포함되었다. 산불의 원인은 번개였다. 12월 호주는 섭씨 50도 가까이 뜨겁게 온도가 올라갔고, 이때 내리친 번개가 불을 일으켜 생긴 대참사였다.

2023년 11월, 나는 다시 블루마운틴을 찾았다. 3년 만에 찾아간 그곳은 언제 그랬냐는 듯이 여전히 푸른 유칼립투스의 숲이 짱짱했다. 하지만 숲길을 내려가는 동안, 시커멓게 그을린 나무와 흙에서 그날의 상처가 여실히 보였다. 하지만 분명 3년 전만큼이나 풍성한 숲의 모습에 놀랍기만 했다.

산불이 난 후 새롭게 맞은 여름, 즉 2020년 크리스마스 즈음에 호주 사람들의 소셜 미디어에는 블루마운틴의 사랑스러운 모습이 담긴 사진이 돌기 시작했다. 트레킹을 하던 사람들이 찍은 검은 흙 속에 피어난, 아이들 손안에도 쏙 들어갈 정도의 정말 작은 흰색과 분홍이 섞인 꽃의 사진들이었다. 이 분홍의 꽃이 집단적으로 피어났는데, 특히 산불로 폐허가 된 지역에 집중되어서 사람들은 상처 난 대지를 위로하는 신의 선물이라고도 생각했다. 이 신비로운 식물의 공식 이름은 Actinotus forsyhii. 실제로 이 꽃이 피어난 건 무려 64년 만의 일이었다. 한 신문은 지역 주민들의 인터뷰를 통해 1957년 이 꽃을 본 이후 지금에서야 다시 봤다는 소식을 전하기도 했다. 그러나 생태 과학자들은 이미 이 꽃의 개화를 점치고 있었다. 왜냐하면 이 식물은 산불이 나고 나서야 재가 된 땅에서만 피어나는 종이기 때문이다. 그렇다면 이 식물은 왜 이런 이상한 방식의 생존법을 택했을까?

블루마운틴의 식물들은 수억 년 동안 반복되는 산불을 극복하기 위해 끝없는 진화를 거듭해 왔다. 산불은 우거진 숲을 없애는 원흉이다. 덩치가 작아 햇빛조차 볼 수 없는 작은 식물의 씨앗은 큰 나무가 제거되어 빛을 볼 수 있는 상황이 되기를 짧게는 수년, 길게는 수십 년을 기다린다. 그리고 기회가 왔을 때 당당히 꽃을 피운다.

아름드리 유칼립투스의 생존 진화도 마찬가지다. 이 나무는 기름을 머금고 있어서 그야말로 불쏘시개 역할을 할 정도다. 그래서 유칼립투스는 지상의 가지는 금방 타 버려도 뿌리가 살아남을 수 있게, 뿌리 쪽에 강한 내열 성분을 지니고 있다. 3년 만에 블루마운틴이 거의 원래의 모습을 찾을 수 있었던 건 밑동이 살아남은 유칼립투스가 빠르게 회복을 한 덕분이기도 했다.

지구에는 지금까지 다섯 번의 생명체 멸종 사건이 있었던 것으로 추정한다. 멸종의 원인은 지구 기후의 변화였다. 이 다섯 번의 멸종으로 지구에 살았던 90퍼센트 이상의 생명체가 사라졌다. 하지만 살아남은 10퍼센트에서 출발해 다시 더 풍성한 종의 다양성을 만들어냈다. 지금의 우리는 모두 그 10퍼센트의 생존자가 만들어낸 생명체다. 하지만 불행하게도 많은 과학자들은 이미 이 지구가 여섯 번째 멸종 단계로 들어선 게 아닌가, 우리의 미래를 걱정한다.

그러나 걱정 속에서도 희망을 이야기는 사람도 많다. 지구의 일을 예측하고 있는 유일한 생명체, 그게 우리이고, 그렇다면 어떻게든 생존의 길도 찾을 수 있지 않을까 라고 믿기 때문이다.

속초, 나의 정원엔 비록 내가 심었지만 수많은 식물들이 제각각 최선을 다해 살아간다. 속초의 추위가 만만치 않은 상황 속에서도 5년 전 심은 꼬챙이 같았던 동백나무는 키는 작아도 굵기를 키우며 이젠 꽃도 피운다. 늘 진딧물에 몸살을 앓는 모과나무도 매년 죽을 힘을 다해 벌레와 전쟁을 치르며 그래도 살아간다. 수십 그루를 심은 자작나무들 중에는 여름 무더위를 못 견디고 반 이상이 죽었다. 하지만 살아남은 자작나무는 눈부시게 하얀 껍질을 유지하며 햇살에 반짝인다. 성공한 이들의 신화는 늘 우리에게 비슷한 이야기를 해주는 듯하다.

"내가 처한 환경을 원망하지 말라. 그 환경을 잘 이겨내는 노력이 우리의 운명을 바꾼다."

커다란 모과나무를 맨 처음 심은 이는 누구였을까

창문을 열자 소리 없던 자연이 나에게 들어온다

대설주의보 알람이 요란하게 울린다. 영동 지방의 폭설 예보다. 설악산 인근에 내리는 눈은 절대 낭만적이지 않다. 눈을 치우는 속도가 눈 내리는 속도에 따라잡히면 큰일이다. 눈이 종아리를 웃돌 정도만 쌓여도 여닫이문은 압력 탓에 그 어떤 힘으로도 열리지 않는다. 다행히 한옥집은 미닫이문이 많아, 집 안에서 탈출은 가능하지만 문제는 대문이다. 대문까지 10미터 남짓한 길을 내는 데도 몇 시간이 걸리고, 대문이 열리게 하려면 그 반경을 다 치워야 한다. 그것도 쌓인 눈이 얼기 전에. 그렇지 않으면 세상 부드러워 보이는 눈이 곡갱이로 내리쳐도 깨지지 않는 차갑고 쌀쌀맞은 얼음덩어리임을 알게 된다.

그렇다고 눈이 다 고약한 건 아니다. 치운 눈을 화단에 쌓아두면 봄에 눈이 녹으며 식물들에게 물을 공급해줄 수 있다.

생각해 보면 내 삶은 정원 생활을 하기 전과 후로 나뉘는 듯하다. 경기 일산과 서울 여의도를 매일 오가며 방송 작가로 살았던 도시에서의 삶 속에 자연은 늘 창밖에 있었다. 묵음 처리된 화면처럼, 창밖에서 자연은 소리 없는 바람을 불어댔고, 눈을 내렸다. 소리를 없애면 세상 무서운 호러 영화도 우스운 분장 효과로만 보이듯, 창 하나를 두고 그렇게 자연은 그리 두려울 것도 다정할 것도 없는 현상일 뿐이었다.

지금의 나는 늘 날씨에 노심초사다. 오늘 아침 폭설 경보에 남편은 헐레벌떡 옷을 입고 뛰어나갔다. 왜 키우는지 모르겠다고, 나를 원망하면서도 폭설에 닭이랑 고양이가 굶을까 싶어 사료를 챙기고, 눈을 치우러 나간다. 눈뿐만이 아니다. 바람이 세게 부는 날은 각종 물품을 동여매느라 정신없고, 폭우엔 하천의 범람을 걱정한다. 교통 정보보다 날씨 예보가 우리 삶에서 훨씬 중요한 일이 되어버린 지 오래다.

하지만 이 자연과의 몸살이 나와 남편의 몸에 변화를 준 것도 사실이다. 추운 날, 더운 날 할 것 없이 자연에 노출이 되다 보니 늘 달고 다녔던 두통과 코막힘 증상이 어

커다란 모과나무를 맨 처음 심은 이는 누구였을까

느 순간 사라졌다. 과학적인 분석은 모르겠지만, 적어도 내 몸이 자연에 부대끼며 생겨난 일종의 탄력임을 넌지시 깨닫는다.

묵음 처리된 창밖의 자연은 우리 몸에 경고를 보내지 못한다. 창문을 열면 묵음 처리된 화면에서 벗어나 들리지 않던 소리가 들려올 것이다. 그게 어떤 소리든, 자연이 내는 소리를 들어보자.

커다란 모과나무를
맨 처음 심은 이는 누구였을까

초판 1쇄 발행 2024년 4월 12일
지은이 오경아
펴낸이 안지선

편집 신정진
디자인 다미엘
마케팅 타인의취향 김경민, 김나영, 윤여준, 이선
제작처 상식문화

펴낸곳 (주)몽스북
출판등록 2018년 10월 22일 제2018-000212호
주소 서울시 강남구 학동로4길15 724
이메일 monsbook33@gmail.com

mons
(주)몽스북은 생활 철학, 미식, 환경, 디자인, 리빙 등 일상의 의미와
라이프스타일의 가치를 담은 창작물을 소개합니다.